情缘散叶

张媛培　著

中国出版集团有限公司
China Publishing Group Co., Ltd.
现代出版社

图书在版编目（CIP）数据

情缘散叶 / 张媛培著. -- 北京 : 现代出版社,
2024. 12. -- ISBN 978-7-5231-1222-9
Ⅰ. I267
中国国家版本馆CIP数据核字第2024PD0149号

情缘散叶
QINGYUAN SANYE

著　　者　张媛培

责任编辑　毕椿岚
责任印制　贾子珍
出版发行　现代出版社
地　　址　北京市安定门外安华里504号
邮政编码　100011
电　　话　(010) 64267325
传　　真　(010) 64245264
网　　址　www.1980xd.com
印　　刷　北京荣泰印刷有限公司
开　　本　710mm × 1000mm　1/16
印　　张　15
字　　数　160千字
版　　次　2025年2月第1版　2025年2月第1次印刷
书　　号　ISBN 978-7-5231-1222-9
定　　价　78.00元

序言

心花散叶寄真情

记得多年前在一个私人的宴会上，看到一个身高体壮的年轻女子，她说自己喜欢文学，尤其喜欢散文。问及姓名，知道她叫张媛培。因有共同的爱好，便逐渐熟悉起来。随后几年，便得知她的散文在全国不少报刊上发表，且连连获奖。为了写好文章，她常常把初稿发给同行们看，征求意见，精修细改。于是，我便经常成为她文章的第一读者。

读她的散文，总的感觉是：感情真挚，绝不矫情伪饰；叙事简练但不平直；语言质朴但却鲜活；艺术上注意细节描写。

读媛培的散文，我常常被文章中流溢着的真情所感动。她写了不少有关亲情的故事。在这些故事中，有她人生的凄苦，有亲情的依恋和刻骨铭心的怀念。但这些文章却没有停留在朴素感情的流露，而是升华到对人性善的表达。我一直认为，挖掘和表现人性的真善美是文学成功的真谛。媛培总能在这样的抒写中表达自己纯真的情感，达到了感人至深的境界。

文似看山不喜平。文章是要讲究一点笔法的。媛培的不少篇章，纡徐有致，跌宕起伏，增添了文章的色。如《奶娘》《妈，我没丢》等皆可见匠心之处。

媛培的语言是质朴无华的。而这正是散文语言最高的要求。最朴实无华的语言才能表达最真实的感情。只有虚情假意才能靠华而不实的辞藻来伪饰。她的语言来自现实生活，人物的语言是特定人物才能说出来的话。由此亦可见她对生活的观察是深入的，体物之功可见一斑。世事洞明皆学问，人情练达即文章。诚哉，斯言！

细节，是构成叙事文章生命体的细胞。只有真切的细节才能使文章活起来，并给人以深刻的记忆。媛培的文章有不少这样生动的细节描写，增加了文章的生动性。有文章在，无须引述。

媛培的写作，取材较宽，其中有些论说小文，亦可见思辨之能。

作者正值旺年，创作势头正勇。相信会有更广阔的前景。

是为序。

石宝海

2024 年秋于读思斋

目录

一生一世母女情

天堂寄语

往事回眸

暖心的爱

可爱生灵

人生感悟

一生一世母女情

母 爱

题记： 妈妈就是一首美丽而悠长的歌，永远唱不够，唱不完。

妈妈，我想给您唱支歌。没有妈妈，就没有我。风在雨中走，爱在心底流。多少个风雨交加的日子里，儿生病，您在风雨中穿梭……

妈妈，我想给您唱支歌。您永远那么年轻，您是我最美的慈母。虽然，岁月在您的脸上刻满了皱纹，但您不曾老过，因为，您是我人生这部长诗中的永恒的韵辙。

妈妈，我想给您唱支歌。唱出女儿对您的美好祝愿，唱出生命的灿烂，唱出岁月的婀娜。

妈妈，我想给您唱支歌。您承担着兴家的凄楚、创业的曲折、育儿的艰辛、奉老的楷模。

妈妈，我想给您唱支歌——《妈妈格桑拉》。爬到您的肩上，把悄悄话说；钻进您的怀里，如到爱的长河；牵着您的手，就能趾高气扬，走向那多姿多彩的生活。

背　影

从小到大，我见过许许多多的背影，但唯有母亲的背影永远地印在了我的脑海里，是那么清晰，又是那么伟岸。

小时候，母亲的背影是那么的高挑挺拔，一头浓密乌黑的长发梳成的大辫子，走起路来一甩一甩的，似乎浑身都充满力量。

那时候，父亲身体不好，家中所有累活都重重地压在了身单力薄的母亲肩上。母亲种地、养猪、养牛，白天忙忙碌碌，夜晚点灯缝补一家老小破旧的衣衫。

有一次，我夜晚发高烧，纵使病痛难以忍受，我也没忍心跟劳累了一天的母亲诉说。寂静的冬日的夜晚，煤油灯下，母亲在忙着做针线活儿。我静静地躺在床上，母亲的背影显现在我的眼前，本就瘦弱的她，被生活的重担压得更加瘦小了，泪水模糊了我的双眼……

还有一次，我生病住院，又该续交医疗费了，母亲把我安顿好后便离开了。我悄悄地跟随其后，母亲渐渐走远，背影越来越小，越来越小，感激的泪水湿透了我的衣衫。母亲，我最敬爱的母亲，孩儿不孝，让您受苦了。

岁月流逝的痕迹，深深地刻在了母亲的背影上。我大学毕业后，母亲的背影不再那么挺拔，早先那根乌黑的大辫子也染上了岁月的沧桑，真是头上霜，路上霜，苦雨凄风已尽尝！都在心底藏。每当看着母亲的背影，我的心生疼生疼的，我的泪止不住地淌……

在那艰难苦涩的日子里，生活不管多么艰辛、无奈，母亲总是用她那瘦弱的身躯扛起家。那时的苦，真是说不完；那时的痛，也是诉不尽。然而，母亲从不说苦，也从不言痛，她默默地把一切苦与痛都融入她那坚强的背影中。

我爱我的母亲，也永远不会忘记她那刻骨铭心的背影！

生日思母

题记：来到人间的第一天起，就被母亲的爱温暖着。

农历九月二十六日，是我的生日。四十五年前的今天，我有幸成了母亲的女儿，这一天，也成了母亲终生难忘的日子。

小时候，我特别喜欢过生日，因为当时家里穷，除了过年过节外，只有过生日才能吃上一顿好吃的。盼哪，盼哪，从九月初一就开始盼着过生日。终于到了生日那天，母亲给我做手擀面卧荷包蛋。年幼的我不管三七二十一，狼吞虎咽地吃了起来。父亲、母亲、哥哥和姐姐静静地吃着窝头咸菜，喝着玉米面粥。

稍微大了一些后，我才明白，女儿生日吃面条是母亲的情怀，是母亲的祝福，是母亲的希望。

长大后，我离开了母亲，去外面求学，继而大学毕业后在外工作、成家，我就再也没过过生日。

2011 年，我把母亲接过来跟我一起生活。那天我像往常一样下班回家。母亲见我回来，笑盈盈地看着我，说："今天不用你做饭，妈正在给你做手擀面。"

不大一会儿，母亲给我端过来一大碗面。"来，吃吧，妈给你卧了两个荷包蛋。”“妈，您先吃。”我说道。“早晨剩的粥和馒头，妈热了热吃完了。面条是专为你做的，吃吧。”母亲微笑着说。

“专为我做的?”我暗自思索着。

“闺女，今天是你的生日。”母亲说。

母亲这一说，我这才想起，今天是农历九月二十六！我说：“妈，我这些年在外没过过生日。”母亲说：“这么多年你在外面，妈每年都给你过生日。”我的眼眶一下子湿润了……

我不在母亲跟前，母亲却每年都给我过生日，这是母亲时刻在牵挂着女儿，支持着女儿，祝福着女儿！

说起小时候盼着过生日，其实还有另一个原因。小时候，我特别害怕母亲，从不敢跟她亲近。因为我自幼就过度顽皮淘气，母亲又是非常严厉之人，那么，每次淘气挨打就是必然的了，所以平时，我从不敢让母亲抱我。唯独每年生日那天，我才能看到母亲少有的温柔。那天，不管我多淘气，母亲都不会打我，有时还会抱抱我，亲亲我。有了母亲的温柔，我的心里暖暖的。

长大后，每每想起母亲，便觉得温馨。小时候，母亲打我，是怕我安全上出问题。我常常想，母亲的打是一种爱抚，如果没有母亲的打，我一定会因为过于顽皮淘气受伤甚至落下残疾。

又到了生日，然而，因为疫情，我好久没去看望母亲了。不知她老人家是否还在村头翘首西望盼着她的小女儿回家与她团聚。但今天，母亲一定会做一大碗手擀面为远在他乡的小女儿过生日，那碗手擀面里，盛满的是母亲浓浓的爱和祝福……

走到窗前，望着远方的天空，我真想大声呐喊：“妈，您在家乡还好吗?”

裂心的思念

题记：如果女儿是妈的肉，那么，妈就是女儿的魂！

记得那年我上高中二年级，一个周末，我原想陪母亲做些农活儿，可又有未完成的作业。思来想去，还是先把作业做完，再一心无挂地帮母亲干活儿。母亲怕打扰我，就先自己去挑污水浇地了。

真是天有不测风云。母亲挑着水在经过一个人工搭建的简易小木桥时，不慎摔伤了腰，虽经及时抢救治疗基本痊愈，但因为母亲不守医嘱过早干重活儿，而落下了残疾——驼背。

从那之后，原本就瘦骨嶙峋的母亲更加矮小了。

不知是上苍眷顾，还是母亲坚强。虽然驼了背，但母亲居然走路还是像原来那么快，每天地里、家里的活皆据为己有，无论零活整活、轻活重活还是大事小情，都面面俱到，一样不落。就连我有时也自欺欺人地以为母亲的身体真的恢复了。

其实我心里有数，母亲肯定是在用她的病体扛着这个家。我们兄弟姐妹一直都牵挂着母亲的身体，曾多次要带母亲去城里大医院给她彻底检查一下，以便有病早治、无病早防。而每一次，都遭到母亲的坚决反对。母亲说："背驼了没什么事儿，不影响走路，也不影响吃饭，不用去医院。"

母亲因弯腰驼背，更显得那样的老气、矮小，稍一活动，她就会气喘吁吁，有时还气短、气急、甚至不停地咳嗽。母亲的腰背成了我深深的牵挂和裂心的思念。

听本家婶婶们说，每逢节假日，满头白发、驼着背的母亲，总是站在村口，弯着腰，眯缝着那昏花的老眼，仔细地打量着每一个进村的行人，眼巴巴地企盼着远在他乡的女儿归来。

有一次我因公差路过，便生顺脚回家看母亲的念头。天气阴晦，雷声轰鸣，瓢泼大雨就在眼前。离村口大约不足一里地，我看到一个老人，驼着背，瘦小的身躯，吃力地打着伞在空旷的路上艰难地蹒跚。狂风夹着大雨扑面而来，她使劲向前弓着身子，抓紧雨伞，进一步退半步的踉踉跄跄地向前挪动。在风中，在雨中，她的那个驼背向上拱起，就像一座小山一样。

"一定是母亲!"我脑海里立刻闪过一个念头。

我一步一滑地奋力向前奔去。"妈——妈——"我上前一下抱住母亲，顿时，泪和雨的混合体从我的脸上流了下来……

前年，经领导批准我回家专程看望母亲。泪眼迷离中，看到母亲的背更驼了，身材比之前更小了，我的心像刀割一样……

我早已没了父亲，如今决不能再没有母亲了。我哭得撕心裂肺，苦苦哀求母亲跟我去市里大医院检查治疗。母亲老泪纵横，最终勉强答应去医院检查一下。

到了医院，拍了片子。"这样的情况，没有治好的可能，如果不再加重就不错了。”大夫的一席话，摧毁了母亲所有的希望。“走，咱回家，别糟蹋你的钱了。”母亲毅然决然地说，继而快速地走出了医院。

母亲依然驼着背行走在乡村小道上，依然喂猪、喂羊、喂鸡等。每次想起母亲驼着背走路的样子，我的心就在隐隐作痛。

至今，我无法忘记，一次离家的那一幕，驼背的母亲站在村口目送我的情景。我大约走出两里地，下意识回头看一眼，却发现母亲还站在那里向我招手微笑，笑得是那样的坦然、那样的轻松。我正想再跑回去陪母亲多待一会儿，母亲却用手背向我挥了两下后疾速走开了。我的心紧紧地收缩了一下，随即泪水如断了线的珠子滚了下来，母亲分明是怕我因惦记她而影响我的前程，所以才把痛苦深埋在心里，强给我以临别的笑意。

母亲虽然驼了背，但丝毫改变不了她那坚强、阳光的性格。母亲就像一座大山，永远屹立在女儿心里。

日复一日，年复一年，母亲驼着背择菜、做饭、洗衣、扫地、喂养鸡鸭鹅……吃了太多太多的苦，流了太多太多的汗，但她从不说一个苦字，脸上总是绽放着自信的笑容和由衷的满足。母亲说，她是最幸福的人，因为四个儿女都健康、孝顺、善良、聪明。

我虽然生活拮据，但对母亲还是舍得花钱买这买那的。然而，我最不愿听到的是别人夸孝顺。每每有人夸孝顺，我都似乎有一种莫名的羞辱，恨不得赶快找个地缝儿钻进去，因为我已经饱尝了一次失去了才感到珍惜的苦楚。子欲孝而亲不在，我绝不能像于不以为然中失去父亲那样再失去母亲。我恨自己为什么当年没报考医科大学，倘如此，我一定会亲手把母亲的病治好，特别是母亲的驼背。

唉，于今回想起来，那天我若先去帮母亲做活儿，母亲或可避免了那场灾祸。每当想起母亲那次不幸，我的心就好比被什么东西掏空了一样难受、一样痛！

小诗一首，以慰眷念之情：

别母离黉闯北天，娇娥瀚海一孤帆。
儿今已见蓬壶影，唯挂娘亲身可安？

母亲的驼背，我最大的痛！

妈，我没丢

题记：都说父爱如山，那么，母爱一定是海。

“老三没丢，老三真没丢……”视频那端，母亲喜极而泣地跟坐在她一旁的长姐说道。

今天中午跟母亲视频聊天，母亲并没有像往常那样跟我问这问那，却为终于证实了我没丢之事而乐个不停。

静静地看着视频中我那瘦弱得十分可怜的母亲，汩汩热流顺着脸颊止不住地往下流……

突然，我自问，眼前的这位年过古稀的老者，真的是我的母亲吗?！我小时候那个满头黑发的美丽妈妈到哪里去了呢?！擦干眼泪，再看，再看，这位老者，就是我那历尽沧桑的慈母！儿时记忆中那个美丽的妈妈已变成了眼前这位满头白发、满脸皱纹、驼着背的老人。我的泪在淌，我的心在颤，我的身在抖……

“老三，妈想你了，想得好多夜睡不着觉。看到你没丢，妈就放心了。”母亲带着哭腔说道。

“妈，我月底去接您，车票已经买好了。”我哭着说。

“好啊，每天能看到你就不怕丢了……”说着说着，母亲竟然号啕大哭起来……

看着眼前哭着的母亲，我的心像刀绞一样……

这么多年来，我被苦不堪言的婚姻困扰着，每时每刻心中都像被一块硕大无比的石头重重地压着，烦恼与痛苦的滋味不言而喻。每次回到母亲身边，她都劝我看在孩子还小的份儿上，多忍一忍。每每听到母亲这样说，我就很不耐烦，埋怨母亲不理解我。

现在想想，我当初是多么的不懂事儿，更是多么的不孝啊！我是母亲的孩子，母亲怎么可能不把我挂在心上！我恨自己当初的不孝。

今年过完春节，我终于离了婚。烦恼烟消云散。我第一时间给母亲打了电话，跟她讲了实情。本以为母亲会狠狠地骂我一顿，不承想，母亲却说：“孩子大了，既然挽回不了，离了也好。妈知道，这些年你太苦了。”我顿时明白了母亲的良苦用心。

母亲辛苦了大半辈子，年老了本该享享清福，但因为我婚姻不幸福，母亲一直牵肠挂肚。有时我忙得好几天没跟母亲视频聊天，思念过度的母亲就怀疑我丢了，这是多么深沉的母爱啊！

近些年我因疲劳过度，积劳成疾，大约大去之期不远。我感觉我很有可能死在母亲之前，所以趁现在还算健壮，打算尽快把母亲接过来，好好孝敬孝敬她老人家。

当然，我身体状况是一定要对母亲隐瞒的。母亲已经为我担忧了半辈子，以后我再也不能再让她为我担忧了。

近几天，我在忙着给母亲准备一些衣物，还给母亲买了新床和被褥。

我是母亲生命的延续，把母亲接到我身边来，好好孝敬她老人家，多给她一些爱和拥抱。母亲每天能看到我、抚摩我，就不怕我丢了。

妈妈——我敬爱的慈母，儿愿您寿与天齐！求上苍开恩，赐予儿健康的体魄；乞苍天怜悯，带走儿扎心的烦恼。

妈，我没丢！儿愿陪您一起到老！

母亲更瘦了

题记：在最艰难的时候，最温暖的抚慰无过于神圣的母爱。

近日，我不慎摔伤骨折，不得不去医院接受手术治疗，因此，只能暂时离开母亲一段时间。

临行前，我让母亲称了一下体重，85 斤。

“放心去治病吧，好好听大夫的话。等病好了回家妈妈给你做手擀面吃。”母亲和蔼地说道，眼睛里带着满满的希望和叮嘱。

强忍着眼泪，带着对母亲无限的牵挂和不舍，我被抬上了救护车……

住院后，我每天早、中、晚各给母亲打一次电话，告诉她我一切都很好。即使是疼得睡不着觉、吃不下饭，我也说自己很好，还跟母亲说我每顿吃很多很多的饭。虽然完全在撒谎，但为了让母亲放心，也只能如此撒谎，算作善意的谎言吧。

1 月 5 日晚上做完手术，正在经受剧烈疼痛的我突然想起还没有给母亲打电话。强忍疼痛，给母亲打了电话，告诉她老人家我手术顺利，请她放心。母亲没有太多的言语，嘴里不停地说：“顺利就好，要是妈妈能代替你疼痛就好了……”那时那刻，感恩的泪水如决了堤……

由于病痛的折磨，我早已几乎吃不下东西，因此身体消瘦了很多。怕母亲担心，一直不敢跟母亲视频。

今天下午，我终于鼓足勇气跟母亲视频。视频中，年迈的母亲眼睛里噙着泪水，一直在跟我说：“你瘦了，你瘦了……”

“妈，您更瘦了，是不是自己在家没好好吃饭？”我放声大哭起来……

原本就瘦的可怜的母亲，现在看起来也就 70 斤。我在深深地自责。假如我没有摔伤，母亲定不会这样消瘦。我在医院的这些日子，母亲一定每时每刻都在担心着我、牵挂着我，她怎能不这般瘦弱呢？

母亲更瘦了，是我心中莫大的痛！

母亲的“美餐”

题记：世上最好吃的是母亲亲手做的饭和菜，那不是用味觉可以形容的。

写作这么多年了，从不敢写母亲的“美餐”，因为，我怕我无论怎么写，都写不透母亲那“美餐”里包含着的万般艰辛。

然而，今天，我终于鼓起勇气，写一写母亲的“美餐”。

小时候家穷，那时最盼望的就是过年，因为过年不仅能穿新衣、点灯笼，还能吃上白面馒头、大白米饭，还有红烧肉，那是我们这些小孩子一年中最幸福的时刻。

母亲说，平时要节省些，过年一定要丰盛些。孩子们心中明白，过年这些好吃的，都是母亲平时勤俭持家省下来的。对于孩子们来说，过年真好；而对于母亲来说，则是过日子实在是太难了。

母亲一生劳劳碌碌，勤勤恳恳。在那艰难困苦的岁月里，母亲为了给父亲治病，还曾出门要过饭，所受过的苦和累、屈与辱，我都不敢想象。小时候曾听父亲泪流满面地提起过，每每忆起，我的心像被利刃切割，痛苦万分……

记得小时候，母亲一日三餐总是吃玉米面粥就着烀白薯，唯一的一点“菜”就是白盐。母亲说，大人也不用长个子了，能吃饱就行。

后来家里生活好了，母亲说，生活好了，家里生活该改善了。每天午饭，她给父亲和我们几个孩子焖米饭，炒两道家常菜，而她自己却不吃炒菜。只见她把白萝卜切成小薄片，放上一点白盐，就着白米饭津津有味地吃了起来。父亲劝她道：“现在生活好了，不要再那么苦了，吃点炒菜吧。”但母亲却说：“这很好吃，有米饭吃就很幸福了。”

那一年，我把母亲接过来跟我一起生活，知道母亲受苦受累了一辈子不容易，所以我变着花样给母亲做些好吃的。然而却遭到了母亲的坚决反对。母亲说：“我简简单单吃点儿饭就可以了，只要你健健康康的，把孩子抚养好，我就心满意足了。”

百善孝为先，对待老人，更是顺为先。“那咱今天中午吃什么?”我悄悄拭去眼角的泪水，轻声问母亲。

“老样子吧。”母亲笑着说。

知母莫若女！我知道母亲想吃她最爱的“美餐”了。

那天中午，饭桌上只摆了三样东西：洁白的细盐、水灵灵的白萝卜、雪白的大米饭。母亲一口气吃了两碗米饭，吃得非常香甜，脸上还洋溢着幸福的笑容。母亲说，世界上没有比这更好吃的饭菜了。

那段岁月

题记：每一次对童年的回忆，油然升起的便是感恩。

“想不到你长大后会长得这么好，真想不到……”晚饭后跟母亲聊天，聊着聊着，母亲不禁潸然泪下。

我两周岁时还不会走路，也不会说话，甚至都不会手拿东西吃。村里一些人嘲笑我们家养了个残疾丫头，还有少数人催促母亲赶快把我扔掉。而母亲却坚持说：“只要这丫头还有一口气，就要养着，兴许过些日子就会走路了。”母亲跟我回忆起这件事时，泪流满面地说：“其实当时自己说这句话的时候，感觉简直就是异想天开，可是不这么说又能怎样呢？……”

母亲接着回忆说，有一次她中午做饭，蒸了一锅倭瓜，给不会走路的我开了小灶，蒸了一个窝窝头。窝窝头蒸好了，父亲拿着递给我，我手抓不住，掉地上了。父亲捡起窝窝头就冲我嚷道：“真是个废物，都两岁了，手拿个东西都拿不住，拿不住以后就别吃东西了……”父亲嚷着，一家人哭成了一团……

母亲说，盼哪，盼哪，终于你会走路了，第一次走路时颤颤巍巍的，胳膊没有大人的手指头粗，让人见了都想掉泪。你爸爸高兴得满村子逢人便说："我们家老三会走路了！我们家老三会走路了！"

说到我会走路的事情时，母亲把我揽在怀里，摸着我的手说："我的老三现在又高又壮，多好啊！四十四年前，妈连做梦都想着你什么时候会走路……"母亲说着说着，一下子哭成了泪人。

我赶快拿过来一条毛巾给母亲擦脸，并不停地安慰她。那一刻，我不再是那个坚强的女汉子，泪水肆意地流淌……

我真的不敢想象，母亲是如何熬过那段岁月的。当时父亲体弱多病，长期用药治疗，我又不会走路，母亲每天干活都要背着我，她是何等的艰辛！

我说："背着个孩子干活多累，为什么不放在家里？"而母亲却说："长期躺着会长褥疮，背着能活动活动筋骨。"

我问："妈，您养我后悔不？"母亲说："我从没后悔过。妈无非就是多受点儿累，多吃点儿苦，不碍事。"

似这样心酸的往事在我和母亲身上曾发生过多次，那时我虽然小，也依稀记得母亲的每一次皱眉和落泪都是因为我或和我有关的事。而这些事一直在纠缠和萦绕着我童年的记忆。

唉，那真是一段不堪回首的岁月呀！

妈，我出差了

题记：善意谎言的背后，是血浓于水的挚爱。

时间过得真快，简直是一眨眼的功夫，就已进入十二月份，母亲每天都在计算着离元旦节还有多少多少天，不为别的，只因为我——她的宝贝小女儿过了元旦节要进行腿部二次手术……

因为要离开母亲至少十天，所以我一天天开始忙碌起来，暗做准备，先是购买了一些米面油、鸡蛋、肉和各类蔬菜、水果等，然后就是炸肉丸子和做红烧肉，以确保母亲独自在家生活无忧。

母亲一向早睡早起，她说这是养生之道。然而，从十二月份中旬开始，母亲很晚都还没有休息，我熬夜读书创作，母亲时不时地到我的房间静悄悄待一会儿。“妈，您有事儿吗?”我问母亲。“没什么事儿，就是看你一眼。”母亲说完，就回自己房间了。可是不大一会儿，母亲又回来了，一趟、两趟、三趟……每个夜晚，母亲就这样神不守舍地来来去去。

其实，我很明白母亲的心，她是在开始担忧了，担忧我做手术会面临的风险和痛苦！

“怎么办?”“怎么办?”……我在心底一遍又一遍地问自己。我怎么说、怎么做才能不让母亲为我担忧呢?

小时候，我从来都不会撒谎，可是长大懂事儿后，我越来越学会对母亲撒谎了。尤其是当遭遇苦不堪言的婚姻时，我更学会对母亲撒谎了。即使牙齿掉了也要往肚里咽，一直跟母亲报喜不报忧。母亲为了养育我，历尽千辛万苦，当年身高一米六八的她，体重身体消瘦得只有七十斤。为了供我读书，母亲吃糠咽菜，食不果腹，衣不蔽体。母亲为了我，受尽了说不完的苦。

我该怎么办？我该怎么办？夜晚，我绞尽脑汁，也没能想出一个万全之策，唉，我只能继续跟母亲撒谎了。

“妈，我明天去出差了。”早饭后，我跟母亲说道。

“快要二次手术了，哪有时间去出差?”母亲说。

“出差回来再去医院做手术，不着急的。”我微笑着说。

“哦。”母亲迟疑了一下：“你骗我！你明天肯定是去医院做手术，你怕我担心 ，说是去出差。是不是?”母亲一针见血地问道。

“妈，我从小到大都很乖的，什么时候骗过您?我确实明天去出差，因单位有一些待发的作品急需定稿，还有一些琐事需年底前定下来。”我这样敷衍着，说着说着，便跟母亲撒起娇来。

今天早饭后，在母亲的千叮咛万嘱咐中，我出了家门。到了楼下，我仰望着家的窗户，久久站立在原地，不愿移步。

步履沉沉不忍离，心牵老母泪湿衣。

娘亲恩我如江海，我奉娘亲只一滴。

我默念了这样几句后，内心好不伤痛！

妈，我出差了，您在家千万要多多保重身体。

天堂寄语

祖　母

我小的时候，就像只皮猴子，整天上蹿下跳的，淘气得让人头疼，因而常常被祖母大骂，但我从未怨恨过祖母，只不过对她有些许畏惧。

我对祖母心存感激，是从四岁那年闯了一个小祸开始的。

那是一个炎热的夏季，村里有一位大约七十岁的老奶奶非常辛苦地用泥巴做成了一个盆子，准备晒干用作冬天放柴火。然而，当时尚不知事却又淘气的我用小脚丫子把那个还没有晒干的泥盆踩了个稀巴烂。这下子可惹恼了那位老奶奶，她随手拿起一根木棍朝我追打而来，由于她是裹脚的，跑不快，然后她坐到我家门口，用最脏的话开始骂我，还扬言要打死我。

年幼的我非常害怕。大人去地里干活不在家，我该怎么办呢？我只有到祖母那里寻求帮助了。

当我上气不接下气地把事情的原委一五一十地告诉祖母后，祖母并没有骂我，她牵着我的小手向我家赶去，给那位老奶奶真诚地道歉。至今还记得祖母那天说的话，她说：“李奶奶，您消消气，我孙女不懂事儿，让您着急了。您看在我的薄面上，就别骂她了。

她踩坏了您一只泥盆，我给您做两个。”说完，拿起铁锹，挖土，搅拌，不大一会儿，泥盆就做好了。

看着满手泥巴的祖母，淘气的我一下子泪如泉涌，对祖母的感激之情由此开始了。

村里大部分人不喜欢祖母，说祖母嘴皮子不饶人、刁蛮。然而，在我看来，祖母却有着大部分女人所没有的优点，比如，她的美丽、她的智慧、她的坚强、她的善良，绝非一般人能比。

祖母最爱吃韭菜猪肉馅的饺子。自我读初中时，每逢节假日，不管学习任务多重，我都会腾出时间给祖母包饺子吃。看着祖母美滋滋地吃着饺子，我心里甭提多高兴了。

祖母明明白白地活着，应该是截止到 2008 年吧。那一年，作为祖母长子的我的父亲去世了，家中所有人都处于极度悲伤之中，而祖母却好像什么事都没有发生，饭后照样串门、打麻将。村里有一些人说祖母是铁石心肠，连自己的亲生儿子去世都不哭。祖母心底的煎熬，只有我最清楚。老年丧子，白发人送黑发人，这是人生最大的苦痛。一个再坚强的人，都会有一颗柔软的心，受过挫折，遭受灾难，有的会装出潇洒，把内心的伤痛掩埋起来，祖母应该就是这样的人。我曾看到祖母一个人躲在屋里，捧着父亲的照片发呆。她表面的不在乎，可能是一种极度伤心的病态。我面对乡亲们对祖母的指责，站起来为祖母说话，我说：“请各位长辈不要这样说我的奶奶。我爸爸去世，其实最伤心的是我奶奶。孩子是妈的心头肉，她怎么会不伤心呢！”

不久，证实了我的猜测，父亲的死，使祖母极度伤心下大脑受到刺激，犯了老年痴呆症。2009 年，我带着五岁的女儿回家，看到祖母时，她问我："孙女，你今年有十八岁了吗?"我泪眼模糊地看着眼前的祖母，她真的是糊涂了，她的孙女已过而立之年，她却说才十八岁。父亲去世后，我一直处于煎熬之中。然而，更煎熬的应当是祖母，因为人世间最大的痛苦莫过于白发人送黑发人！可以想象，祖母心中的伤痕，是多么的深!

2011 年，接到祖母去世的消息，噩耗传来，我万分悲痛，很久都不能从失去她老人家的痛苦中走出来……

难忘的外祖父

六岁那年，外祖母给我讲她与外祖父之间的故事。

外祖母的原配丈夫（我母亲的生父）不幸英年早逝，当时她的女儿（指的是我母亲）仅仅一周岁。在那战火纷飞的岁月里，她一个只有“三寸金莲”的农村裹脚妇女，没有了丈夫，简直就是没有了头顶上的老天爷，连自己都养活不了，更别说养活那么一个年幼的女儿了。她的小叔子、小姑子恶狠狠地把她们母女二人赶了出来，把房子拆了，能拿的全部拿走了。外祖母当时真是叫天天不应，叫地地不灵！在走投无路的情况下，外祖母只能抱着幼小的女儿步行去娘家居住。

由于外祖母长得十分漂亮，是附近十里八乡出了名的美人儿，再加之天生聪颖、勤奋、善良，不知有多少英俊男子为之倾倒，更甭说那些说不上媳妇的光棍庄稼汉了！

前来说媒的人几乎踏破了门槛，可是深受封建礼教“好女不嫁二夫郎”的影响，外祖母坚决不答应，发誓就是抱着孩子要饭也不改嫁。

东村有一位名叫徐俊庭的男人两次托媒人前来提亲，都被我外祖母拒绝了。这个叫徐俊庭的男人又一次找到媒人，求她带着自己到我外祖母的娘家去求亲，真的是有一点儿“不到黄河心不死”的劲头。他二人到了我外祖母的娘家时，媒婆做了介绍。我外祖母先是为之一震，暗暗思量，看起来眼前的这位男人对自己是一片痴情，虽然年龄大了一些，但看上去高高的个头儿，脸庞不白也不黑，微微红润的脸上带有几分羞涩，倒是不像四十出头的人。他胸宽体阔，同时早就听说他不但是一把种田过日子的好手，而且还会经商做小买卖。我外祖母想了想自己的处境，丈夫去世后，家中的房、物都早已被无情的小叔子、小姑子抢了个精光，娘家人虽然都是自己至亲至爱的亲人，但毕竟不能长久居住哇。嫁给这么好的一个男人也能有个安身之处。再说了，孩子仅仅有母爱是不够的，还需要父爱。

终于，这位叫徐俊庭的男人用真情深深地打动了被封建礼教绳索束缚的外祖母，她决定嫁给他。于是，这个男人成了我母亲的父亲，他将我母亲视如己出，甚至比亲生的还要疼，还要爱。每当我外祖母埋怨我外祖父太溺爱我母亲时，我外祖父总是说：“孩子没了亲生父亲已经够可怜的了，我就应该多给予她父爱！”我外祖父是这样说的，更是这样做的！

难忘的外祖父，他是我最敬佩的人！

疼我爱我的外祖父

每当看到一些小朋友被爷爷（祖父）或者外公（外祖父）疼着、爱着，我就会情不自禁地想起我那亲亲的外祖父，不知他老人家在天堂过得开不开心。

在我很小的时候，当时家中生活极为贫困，简直就是一贫如洗，甚至可以毫不夸张地说，就连小偷来了我家也会遗憾离去并永不再来。在那艰难困苦的岁月里，父母在万般无奈的情况下，把我托付给外祖父母抚养。

我自幼聪明可爱，我的一举一动、一言一笑，都能逗得我外祖父母特别开心。我的漂亮、我的聪明、我的可爱，真是让两位老人家看在眼里、爱在心头、乐在眉梢。我一直在我外祖父母的关怀备至下，无忧无虑、快快乐乐地生活着、成长着。两位老人家视我为人世间的珍宝。真的可以说是含在嘴里怕化了，抱在怀中怕勒着，举在头顶怕摔着！但凡家里有什么好吃的，我外祖父母都让我一个人吃。那时的我太年幼，根本不知道生活的艰辛，所以好像总那么理所当然地吃着、喝着。

我外祖父是一个做小买卖的生意人。每逢农村集市，他就去集市上做点儿小买卖，赚了钱回来给我买一些好吃的，放在家中的一口土缸里，把盖子盖好，生怕被猫或者老鼠偷吃去。离我外祖父母家村东口大约三里地，就是那时当地的农村集贸市场，每到中午，外祖母就牵着我的小手去村东口等外祖父从集市上回来。每次外祖父一回来，都大包小包地提着一些东西，不用问，那肯定是给他这个“小吃货”外孙女买的好吃的。我甭提多高兴了！外祖父让外祖母提着东西，然后他蹲在地上，让我坐到他的脖子上“骑大马”。我用两只小手抓住外祖父的两只耳朵，随着外祖父一声“起驾”，我便大声喊着“驾！驾！驾！……”我是多么开心哪！多么幸福呀！到了家门口，外祖母把我从外祖父脖子上小心翼翼地抱下来，然后把我的小手洗干净，我这个“小吃货”就大吃起来。

就这样，我在外祖父的疼爱中一天天长大，也一天天懂事了。

四岁的那年春天，我依然那么快乐地生活着、吃着、喝着、玩着。除了一日三餐之外，我的樱桃小嘴还时不时地吃一些外祖父给我买的零食、点心。然而，平时看似还不懂事的我观察到了外祖父的一些变化：外祖父常常把我搂在怀里，一向坚强的外祖父为什么高兴之余还竟然会泪水充满眼眶呢？他到底怎么啦？年幼的我百思不得其解，我唯一能做的，就是把小脑袋静静地贴在外祖父胸前，静静地依偎在他怀里，用自己那双又白又嫩的小手为外祖父擦去脸颊的泪水，以期盼自己力所能及地给予他老人家精神上的安慰，给予他老人家一些温暖与爱。

在接下来的日子里，外祖父还是天天去集市上做小买卖，回来时依旧给我买好吃的，所不同的是，外祖父每次给我买回来的东西比以前更多了。之后，我开始细心观察外祖父了：他常常在床上躺着，也很少吃什么东西，人一天比一天瘦，原来魁梧的身体一下子变得干巴巴的瘦。外祖父的状况让我很担心，一向贪玩、淘气的我突然间变成一个听话懂事、文文静静的好孩子。我搬过来一个小板凳，每天坐在外祖父的床边，再也不出门玩儿去了，更不淘气了。在外祖父卧床不起的那些日子里，我寸步不离，伴随左右，乖乖地听外祖父给我讲故事。

有一天下午，外祖母正在手工缝制布鞋，外祖父对她说："你先别缝鞋了，你拿一块白洋布给老三（外祖父对我的爱称，因我在家排行老三）缝个花帽，让她戴上，我看看好看不?"我当时太小，根本不知道是怎么一回事儿，更不知道那叫孝帽，是家中长辈去世，作为孝子所戴的帽子。我清晰地看见外祖母是一边哭，一边给我缝制那顶帽子。不大一会儿，外祖母就将帽子缝好了，不懂事的我戴上那顶帽子，蹦蹦跳跳的，手舞足蹈。外祖父满含热泪地说："嘿，老三戴上这顶花帽真好看！我这辈子没白活！对老三真是没白疼啊！"

次日早晨，我睁开蒙眬的睡眼，发现外祖父静静地躺在一张与门正对的地铺（待我长大后才知道，那是专门为刚死不久的人准备的停尸床，当地称之为冷铺）上，我用小手去摸外祖父的脸，冰冰的，凉凉的。外祖母在一旁哭泣，悲痛欲绝。我问："外婆，我外公他怎么啦？他的脸为什么那么冰凉？他为什么还在睡觉？天都大亮了，他为什么还没睡醒?"我的一连串问话，使得外祖母哭得更伤心了，因为那是她的丈夫哇！一辈子对她疼爱的丈夫啊！她哭着告诉我："你外公没了！""我外公不是在这儿了吗？为什么叫没了呢？"我迷惑不解地问道。外祖母哭着说："没了，就是你以后再也没有外公疼你了！""天哪！我没有外公了，今后我怎么办哪？我怎么活呀！？谁疼我呀！？"顿时，好像我的世界都崩塌了，失去亲人的痛，像一把尖刀狠狠地插入我的心脏，好痛，好痛……

那时农村交通还不那么发达，更没有固定电话、手机这样的通信设备，去我父母亲与大舅那儿给信儿的人虽然一大清早就出发了，但因相距二十余华里，我父母亲与我大舅一家人还没到。操持白事的人给我穿上了孝袍，戴上了孝帽，还给我在腰间系上了一根麻绳，我为外祖父披麻戴孝了。

由于外祖父生前人缘特别好，爱接济比自己困难的人，是方圆数十里的大善人，深得乡亲们的尊重，前来吊唁的人很多，有老人、有孩子、有男人、有女人，人们个个无不痛哭流涕，泣不成声。白事大办了三天，在那三天里，我，当时一个年仅四岁半的小孩子，滴水未进，哭得撕心裂肺，每天都哭晕无数次。尤其是到了外祖父入殓的那一刻，我眼见着外祖父被操持白事的人抬着放进棺材里，我与他们打了起来，我坚决不允许任何人把外祖父带走，最后我被几个大人强行拽走。

我后来才知道，外祖父临去世前给我准备了一大土缸我最爱吃的零食与点心，那是他怕自己走后我吃不上什么好吃的，怕他这个小宝贝儿一天三顿饭之余没有点心解馋。可亲可爱的外祖父，他带着对我的万般牵挂与爱，静静地、永远地离开了我。他不仅仅留给我无私的爱的记忆，他的去世更带给我难以忍受的无限的痛苦与思念。

事过境迁，外祖父离开我迄今已近四十年了，但他那高大的身材、慈祥的面庞常常出现在我的梦中，他给予我的爱与温暖，我终生都难以忘怀。

安息吧，我亲亲的外祖父！

送上又一束鲜花

记忆中，每年的清明节总是细雨纷飞，有人说，那是思念逝去亲人而流下的眼泪。而我却要说，那是离别的人对这个世界的不舍。因而，活着的人，更要好好地生活，给逝者以安慰。

今天是农历十月初一，寒衣节，我要给远在天堂的我的外祖父送上一束鲜花，以寄托我的敬慕、思念和祝福。

敬爱的外祖父，一束鲜花送给您。您是我最敬爱的人。还记得小时候，我曾经是您最疼爱的人，那真是含着怕化了，举着怕摔了。您离开时，我才四岁，可我深知您最放心不下的就是我。您离开前，给我买了半土缸点心……

多少年来，我常常在梦里与您团圆，您还是那么慈祥，那么和蔼，我依然撒娇在您的怀抱，还有您的肩，您笑呵呵……

远在天堂的亲人哪，您过得怎么样？我早已记不清想您的次数和那扑簌簌泪雨下……

远在天堂的亲人哪，多么希望和您的相聚不是在梦境！多么希望每次梦醒您还在我身边！多么希望没有阴阳相隔！多么希望没有生离死别！多么希望……

心儿啊，你为何这样的悲伤？泪儿啊，你为何止不住地流淌？人儿啊，你为何孤独彷徨？风儿啊，你怎么知道我曾哭断了几多柔肠……

给天堂的亲人送上一束鲜花，留下祝福的话语，愿您永远幸福、快乐、吉祥……

我至爱的外祖母

在我很小的时候，父亲得了一场大病，家中生活原本就不富裕，再加之巨额的医疗费开支，不仅食不饱肚，而且债台高筑。在万般无奈的情况下，父母把年幼的我托付给外祖父母抚养。

我是被外祖父母捧在手心中长大的，两位老人家对我疼爱有加。然而，好景不长，我四岁的那年春天，把我当作心头肉一般的我那亲亲的外祖父撒手人寰，永远地离开了我。

外祖父去世后，我仍然一直随外祖母一起生活，与她老人家相依为命，在她老人家的关爱、呵护下逐渐长大。

外祖母是个特别勤劳、聪慧的女人，她除了种好家中生产队所分的四亩八分五厘的承包地外，还在家中房后的大约三分地上，用树枝搭好架子，种丝瓜、黄瓜、豆角、西红柿等，成熟后小部分留着家里吃，其余的用小拉车运到集市上去卖。

外祖母心灵手巧，做得一手好菜，附近十里八乡，无论谁家有了红白事儿，都来请外祖母去当厨师。事后主家给工钱，外祖母坚决不要，还乐呵呵地说："我没有什么大的本领，多谢乡亲们看得起我，饭菜如果做得不满意，请大伙儿多多包涵！"众乡里听罢，赞叹不已。

在我的记忆中，外祖母总是有干不完的活，白天干活，晚上还干活。村里谁家的媳妇如果忙得没空给一家老小做棉衣，就把布料和棉花、尺寸一并拿来让外祖母给做。谁家淘气的孩子鞋坏了，就拿来让外祖母给补，外祖母总是忙得不亦乐乎。

在我很小的时候，不管生活多么艰辛，也不管多忙，外祖母每隔三天就会给我包饺子吃。饺子馅有时是猪肉韭菜的，有时是韭菜鸡蛋的，有时是白菜粉条的。外祖母从不舍得吃饺子，每次把饺子给我煮好捞出后，她都是用饺子汤熬一点儿玉米面粥，就着山芋、咸菜吃。

我六岁那年的孟春，一天中午，外祖母忙里偷闲又给我包饺子吃，那天饺子馅是韭菜猪肉的。外祖母包好饺子后，让我看好饺子，叮嘱别被家中那只淘气的馋嘴猫叼去吃了。我娇滴滴地答应着："好吧！"便人模人样地坐在小板凳上。随后，外祖母在灶房烧水，一股香喷喷的味道进入了我那可爱的小鼻孔。我馋涎欲滴、迫不及待了，不管三七二十一，先尝尝再说吧，就一连串吃了好几个生饺子。外祖母把水烧开后出来时，发现饺子少了，问我："乖宝儿，咱家那只淘气猫又馋嘴偷吃啦?""没有哇！是我吃的。"我回答道。外祖母似乎不相信自己的耳朵，又跟我说："猫叼走就叼走了，外婆不怪你，但是小孩子可不能撒谎!""外婆，我没撒谎，真的是我馋嘴吃了！我小肚子早就饿了!"我低下小脑袋瓜子，噘着小嘴巴小声说道。外祖母的眼眶一下子湿润了，她把我紧紧地搂在怀里，号啕大哭起来，哭得撕心裂肺！终于，她哭累了，一边抽泣着，一边跟我说："我的小乖乖委屈了，都怪外婆总瞎忙乎干活，饭做晚了，以后外婆不会再这样儿了！"言罢，她赶紧忙着煮饺子去了，很快，热腾腾的饺子端上来了。外祖母笑盈盈地看着我吃，不时地叮嘱道："乖宝儿慢点吃，别噎着！"

小的时候，外祖母把我照顾得非常好。尽管我幼时特别淘气，但只要是外祖母陪伴在身旁，我从未受过一丁点儿的伤。每当我过分地淘气顽皮时，外祖母就说："你要是再敢这么淘，等见到你妈妈的时候，我就告诉她，她打你我也不拉了。"其实聪明的我早就知道，外祖母也就是吓唬吓唬我，怕我出危险，她是绝不会眼睁睁地看着我母亲打我而袖手旁观的。我是她老人家一把屎一把尿拉扯大的，别说是我母亲打我，即使我母亲当着她的面大嗓门跟我说句话她都得急。她疼我爱我如命，又怎么会舍得我挨打呢?!

小的时候，我特别盼着自己能快些长大，因为等我长大了，外祖母就不用那么辛苦地照顾我了。长大后，我盼着自己能早些毕了业上班赚钱，给外祖母买一些好吃的，让她吃一些美味。读大学时，我努力学习功课，获得的奖学金全部攒起来，一部分用于买书，一部分用于购买一些营养品给家中的长辈。当然，给外祖母花的钱最多了，她高兴得合不拢嘴，说我买的这个也好，买的那个也好，之后，又问这个多少钱买的，那个多少钱买的。怕她心疼我花钱，我就故意把价位说得很低，然而外祖母虽人老却一点儿都不糊涂，说："宝贝儿，你这是哄我高兴呢，这么好的东西不可能那么便宜的。以后少花钱，攒着点儿钱多买一些书读，长大后当一个作家，到时候外婆也沾沾光！"

2001 年清明节，我长途跋涉回家给祖父上坟，刚进村口，本家的一位奶奶跟我说："老三，你外婆在一个多月前回老家了！"我听了深感诧异，便说道："我外婆快九十岁的人了，大老远地回老家干什么呀？谁陪她一起去的？""你外婆一个月前就没了！"那位奶奶语重心长地说道。我听了顿觉五雷轰顶，眼泪夺眶而出，疯狂地往家中跑去。母亲看到我伤心欲绝的样子，早已猜出了十之八九。她跟我说："老三，你别这样，你外婆走之前千叮咛万嘱咐，让妈不要告诉你，因你与她感情太深，怕你知道了承受不住得大病……"母亲好像还要跟我说些什么，可是我再也听不下去了，我骑上自行车去了我大舅家，大舅随同我一起买了一些纸钱，去外祖母坟前烧纸叩拜……

我至爱的外祖母，春节期间我去看望她时，她的精神状态很不错，然而不到两个月，她就与我阴阳两隔了。她疼我、爱我、亲我、抱我、养育我，可是我还未予报答她老人家，她就匆匆地离我而去了。对于外祖母，我未能尽孝。多少个夜晚，繁星点点，我彻夜难眠，恨此生尽孝难。

我没有外祖母了，我的泪儿止不住地流，止不住地淌。外祖母对我的养育之恩，今生今世，我没有机会报答了。

此时此刻，我又回忆起我幼小的时候，外祖母问我："老三，如果有来世，你还愿意做外婆的外孙女吗？"我当时脱口而出："愿意呀，当然愿意呀！"然而，今天，我要告诉在九泉之下的外祖母，如果有来生，我不做您的外孙女，我要做您的外祖母。烦请您做我的外孙女，我要百倍、千倍地疼您、爱您，视您如命！

想念外祖母

永远想念您——我敬爱的外祖母！襁褓中，我嗷嗷待哺，想念是一瓶甜甜的水，那淡淡的美味哟，滋润着我小小的嘴唇与舌尖，我吮吸着这边，您捧着那边……

永远想念您——我敬爱的外祖母！我三岁时，炎热的夏季，想念是一把大大的芭蕉扇，那凉爽的轻风哟，给了我舒适的快意，我在左边，您在右边……

永远想念您——我敬爱的外祖母！我五岁时，与您卖菜谋生，想念是一根弯弯的大扁担，那沉重的蔬菜哟，狠压着妪童抬不起头来看天，我支撑在前边，您咬牙在后边……

永远想念您——我敬爱的外祖母！我读大学时，想念是一张小小的火车票，那遥远的路程哟，心中藏着的是对彼此的挂牵，我在北边，您在南边……

永远想念您——我敬爱的外祖母！我二十五岁时，您驾鹤西去，想念是一座孤寂的青冢，那寒冷的北风哟，伤心的人儿，胜似吃了断肠草，五脏六腑在熬煎，我在外边，您在里边……

笑比哭好

小时候，我是个爱哭的小女孩儿。

记忆中，我最喜欢的人是外祖母—— 一位脸上总是挂着慈祥笑容的老人。

每当我在院子玩耍时，她便坐在我不远处，时不时地对着我微微露出笑容。

记得冬日的一个傍晚，我淘气贪玩不慎掉进了冰窟窿，一阵大声呼救后，恰巧被路过的本家的一位叔叔看到救了起来，然后把我送回了家。那叔叔走后，劳累了一天的母亲没有耐心对顽皮淘气的我进行说服教育，不容分说狠狠地打了我一顿，说让我长长记性。父亲那天也一改了平时对我的宠溺，不但没阻止母亲打我，还数落我总是这样无休止的淘气，该打。

母亲的痛打、父亲的厉声斥责，我的泪水止不住地往下流。我躲到稻草垛的一个角落里独自悲伤……

哭着哭着，泪水模糊了我的双眼。那时，外祖母因动了一个手术刚出院回家，在房间内躺着休养身体。“要是外婆没有生病该多好哇，她一定不会置之不理的。”我哭得伤心至极，冻得瑟瑟发抖缩成一团，那一刻，我感觉自己是那般的孤独，又是这般的无助。

突然，一阵轻微的脚步声传来。我抬起头，月光下，一个瘦弱的身影向我走来，那速度很慢，很慢，如蜗牛一般，非常吃力地挪动着，离我越来越近。“外婆……”我一下子号啕大哭……

“不哭！”术后身体虚弱的外祖母微喘着，慢慢地，慢慢地，她弯下身子，一双手为我拭去眼角的泪水。手是粗糙的，却又是光滑的，抹平了我心中所有畏惧和痛苦，给了我前所未有的温暖。

外祖母依旧是笑着的，她轻轻地拍着我的肩膀，“不哭”，她稍稍停顿了一下，“也不能哭，爱哭是没出息的。”

“嗯嗯。”我的小脑袋点了几下，止住了泪水。外祖母欣慰地把我抱了起来，用她那温暖的唇亲了亲我的小脑门，这又一次给了我力量。

我看着眼前的外祖母，在月光的映衬下，她的微笑暖彻了我幼小的心，不知不觉中，我也笑了，笑得很甜、很甜。“孩子，记住，乐观面对生活，笑比哭要好得多。”我笑着点了点头……

而今，我已步入了不惑之年，再也不是那个爱哭的小女孩儿了。我大了，再也看不见她了。她给我留下的是那句话，是那种温暖的感觉。

谢谢您，我最最敬爱的外祖母！因为您，我的世界少了份忧伤。因为您曾对我说，笑比哭好！

遥寄父亲

敬爱的爸爸：

您在天堂一切都好吗？

今天是您的生日，您是否还记得？

2008 年，您永远地离开了我，您到哪里去啦？那一次我回老家团聚，母亲、姐姐、哥哥、弟弟共聚一起，唯独没有见到您。母亲说，您去了阴间，去了阎王府。我不信！姐姐、哥哥、弟弟都说您去马克思那里了，因为您是一名中国共产党党员，您坚信马列主义！我也不信！我说，您去了天堂。我的话音刚落，我们五个人抱在一起失声痛哭……

自我记事以来，大约两周岁开始吧，您就拿我当作心肝宝贝，那时候您身体不好，骨瘦如柴，咱们家一贫如洗。我五岁时，每天跟随外祖母风里来雨里去的卖菜贴补家用，您看在眼里，疼在心里。有一次，您抚摩着我那双长满冻疮的瘦小的双手，眼圈一下子红了，您说："等爸爸身体好了，好好赚钱，再也不让你干活儿了。"说完您紧紧地抱着我，堂堂正正的男子汉哭成了孩子一般。

我上小学三年级时，那时我的作品在地市级报刊陆续发表，您特别高兴，您说我是张家家族的骄傲、祖辈的荣耀。从那以后，平生少言寡语的您变得性格开朗、爱说爱笑了。

我读初中二年级的那年农历十月初六，天降大雪，您冒着风雪步行十五华里给我送棉衣，当我见到您时，您早已湿透了衣衫，我哭了，您却笑着说您一点儿都不冷，在班级门口，在老师与同学们面前，您把我搂在怀里，给我安慰，给我温暖！

我以优异的成绩考上省级重点高中时，您高兴不已，您说张家祖辈有德，要有大学生了。

我考上大学时，您让哥哥送我去学校，您跟着我们一起去了火车站进了站台，临上火车前，您千叮咛万嘱咐，您说，咱们家祖祖辈辈都老老实实做人，祖祖辈辈都是好人，不管外面的世界怎么样，咱自个儿都不能变，到了学校，务必学好各门功课。在大学里，我努力拼搏，每个学期都拿到奖学金，您说："这才是张家的好子孙！"

爸爸，女儿自幼勤劳朴实，从不贪图吃喝玩乐。别人吃香喝辣，开豪车住豪宅，女儿从不羡慕，女儿只羡慕别人有爸爸！爸爸犹如女儿心中的一片天，当初您去了天堂时，女儿感觉眼前全部是黑暗，感觉天塌了……

爸爸，女儿自幼就不怕苦不怕累，天不怕地不怕，但是女儿怕没有爸爸！您走后，我每天晚上久久不能入眠，因为我没有爸爸了，我害怕！有爸爸在，吃糠咽菜也觉甜。有爸爸在，冰冻三尺也觉暖。有爸爸在，天塌地陷也觉安！

爸爸，您可知道，您走后，女儿白天面带微笑上班，可是到了夜晚，就是以泪洗面，哭累了读书写作，读书写作累了就哭。

爸爸，您可知道，女儿是多么的爱您，又是多么的想您？10年来，女儿无时无刻不在流泪。每当看到古稀之年的大爷从身旁经过，我都会想起您；每当吃饺子，也会想起您，因为您最爱吃女儿为您包的饺子；每当看到白菜，也会想起您，因为您为了供女儿读书，自己从来都舍不得吃荤腥，吃得最多的就是白菜。十年来，女儿每次去市场买菜，不管家里需不需要白菜，都会买一些白菜，也算是借物思人吧。去年立冬那天，女儿去市场买菜，一下子买了60棵白菜，爸爸，您猜一猜这是为什么？您或许猜不到吧，让女儿告诉您吧，就是因为卖白菜的那位大爷长得特别像您！

爸爸，您的肠胃不太好，天气热了，多注意身体！还有呀，请您在天堂之中别忘了俯首多看看女儿！

就此搁笔
永远爱您的女儿
2018 年农历六月十三日

思　念

2008 年 9 月 2 日，是我终生都难以忘怀的日子，因为自那一天起，我没有父亲了。

忆儿时，父亲的脖子是我最喜欢的“小板凳”，父亲的头和两只耳朵是我手中的“方向盘”，拧左耳朵，父亲就向左拐，拧右耳朵，父亲就向右拐，我那愉快的笑声，是父亲最爱听到的美妙的乐章。

那时，家里穷，逢年过节，父亲只给我一个人添置新衣服。父亲说，我最乖，必须打扮得漂漂亮亮的。待我懂事后，我才知道，我姐姐才是这个贫困家庭中最乖最懂事儿的，她小学毕业就辍学帮着父母去田地里干农活，干完农活回来洗衣做饭，她那瘦弱的身子骨，撑起这个穷家的半边天。

小时候，父亲对我是百般的疼爱，然而，我对父亲却有许许多多的怨言。我怨父亲不疼爱姐姐，姐姐为了这个家，受尽了苦，而父亲总是对姐姐吹胡子瞪眼睛地吓唬，在我看来，父亲根本就不爱姐姐。

从小到大，记忆中只见过父亲哭过四次。

父亲的前两次哭，都是因为心疼我觉得我委屈，父亲放声大哭，恨自己没有本事，不能让我过上好日子。

第三次见到父亲哭，是姐姐出嫁那天。按照当时当地习俗，父亲把姐姐背上了婚车，车开走后，父亲望着车渐渐远去，号啕大哭，哭得撕心裂肺。

姐姐出嫁后，每天吃饭，父亲总是盛好一碗饭、摆好一双筷子，说是给姐姐的。多少年过去了，现在每每想起，我都会不禁落泪。

父亲的第四次哭，是我赴天津读大学那年。父亲说家里太忙，他没空送我，让我哥哥送我去天津。临行前，父亲叮嘱我："一定要好好注意身体，照顾好自己！"说完，父亲的泪水早已模糊了双眼，我用衣袖给他拭泪。

之后，我再也没有见过父亲流泪，那第四次流泪也成了他最后一次流泪。

2008 年暑假，我突然接到姐姐打来的电话，说父亲身体估计不行了。我赶快坐车回去看望父亲。到家后，我看到父亲躺在床上，骨瘦如柴，我的心如刀绞一样，但我不敢哭，因为从小到大，父亲最舍不得我哭。

我伸出双臂去拥抱父亲，父亲笑了。

我把父亲扶了起来，给他安慰，给他讲一些喜闻乐见的事情，父亲听了很开心，很开心……

父亲在临终前两天，他对我们四个子女说："爸爸没有本事，这一辈子除了留给你们善良与坚强外，没有给你们留下一丁点儿财富。”我的父亲，您把善良与坚强留给儿女们，这就是您留给儿女们最大的财富！

2008 年 9 月 2 日，父亲带着一丝微笑，静静地离开了这个世界，离开了他深爱着的亲人们。

父亲，我最敬爱的父亲，今天是 2019 年 9 月 2 日，您离开女儿已经整整十一年了。十一年来，阴阳隔断，女儿心痛胜油煎……

小的时候，听外祖母说，人死后会化成星星，挂在天空，指引着儿孙前行。于是，我常常夜晚仰望苍穹 ，看到了天上那颗最亮的星，那就是我的父亲吧？

父亲，您在天堂过得好不好？您能不能每夜都到女儿的梦中抱抱女儿？

思念远方的父亲

敬爱的老爸爸：

最近一切还好吗？在天堂里过得怎么样？

今天是农历十月初一，天气已经开始冷了，您穿上棉服了吗？

记得我小的时候，有一年十月初一，您牵着我的小手，提着满满一竹筐的烧纸给爷爷上坟。之后，您对我说："等你长大了，等爸爸百年之后，每年农历十月初一，要记着给爸爸送寒衣过冬。"懵懵懂懂的我一个劲儿地点头。

长大后，有一年的农历十月初一，我又跟您去爷爷坟前烧纸钱，所不同的是我骑着自行车驮着您去的。在途中，您对我说："宝贝儿啊，你真是长大了，能骑车驮着爸爸了，等爸爸百年之后，绝不担心过冬没有棉衣穿了……"懂事儿的我赶快阻止您继续说下去，因为那时的我已懂得了送寒衣的真正含义。

我小的时候，由于您身体不好，家中一贫如洗，勤劳善良的母亲整天脸朝黄土背朝天地干农活，再加之我过于顽皮淘气，家中没有精力也没有能力照顾我，万般无奈之下，我只能由外祖母带回家中抚养。那一次，三叔去外祖母家中看我，说让我跟着他回家，我说："回家等于受罪，我才不回去呢。"后来，三叔把我的话告诉了您，您落泪了。童言无忌，小孩子嘛，只是说一说而已，其实内心深处还是期盼回家的。回家不图穿，不图吃，只图您能抱一抱我，或者坐在您的脖子上，用两只小手揪住您的耳朵，幸福像花儿一样在心中怒放。

五岁时，我跟着外祖母风里来雨里去卖菜，您心疼得直哭，您埋怨自己没本事，让一个孩子跟着受苦受罪。我说没关系的，我已经五岁了，是小大人了，该为爸爸妈妈分忧了。您夸我乖巧懂事儿，长大定是孝女。

2008 年之前，我最快乐的事情就是回家，每次回到家，平时言语不多的您变得爱说爱笑了，到了夜里十一点，咱们父女二人还在促膝长谈。您说，四个孩子中，数我最体贴人，也最会说话，说话能说到老人的心坎上。可是，从 2008 年您走后，我最痛苦的事情就是回家，一提到回家，头几天就会哭成泪人，因为我没有爸爸了，我悲痛欲绝。然而，家还是必须要回的，因为还有母亲，每次回去，是哭着去，哭着回来，夜晚，我坐在院子里泪洗天空，问星星，问月亮，也没有打听到您在哪里，于是我放声痛哭，哭破了喉咙，哭坏了眼睛，还是没有看到您。母亲含泪催促我赶快进屋休息，我说我不累，我要等您。直至凌晨两点多，我也没有等到您，哭累了的我被母亲强拉硬拽进了屋。

爸爸，自从您走后，女儿的眼前没有了赤橙黄绿青蓝紫，只有黑色。您是女儿的一片天，您走后，这片天就塌了。没有您的日子里，我天天在黑暗中煎熬着。人前笑，背地哭。夜晚成了我哭与读书的时光，哭累了就读书，读书累了就哭。没有您的日子里，我仿佛是一棵在狂风骤雨中摇曳的小草，孤苦伶仃。于是，就把希望寄托在梦里，在梦中，我撒娇在您的怀抱，是那么开心，那么幸福。

爸爸，您已经离开女儿十年了。十年来，女儿无时无刻不在思念您，思念您的笑，思念您的怀抱，思念您的每一句话语……

敬爱的父亲，女儿有个小小的心愿，就是想求您常来女儿的梦中亲一亲、抱一抱女儿，您能答应吗？

女儿先忙去了，晚上给您送寒衣，女儿好好跟您说说话。

就此搁笔

永远深爱着您的女儿

追 忆

每当唱起《小时候》，我就想骑在您的肩头，这个奢望，在我心里埋藏了很久，很久……

小时候，我骑在您肩头，伸手摘下树上那又红又甜的大枣，幸福在心里流……只要有爸爸在，干什么都不犯愁。

小时候，我骑在您肩头，放声歌唱《信天游》，路旁的小树微笑着向我招手。枝头的鸟儿，和我一起绽放美喉。

小时候，我骑在您肩头，一双小手轻轻地揪住您的耳朵，呐喊："老爸，加油！"

小时候，我骑在您肩头，您紧紧地攥着我的手，叮嘱道："宝贝儿，长大了要努力争上游！"

一转眼，您已离开我十六个年头，我依然清楚的记着您的慈颜，还有您的难忘的双眸……

敬爱的父亲，您永远在我的心里，孩儿虽然早已长大，还想骑在您肩头……

感恩父亲

感恩您——我敬爱的父亲！

我从喃喃学语叫出第一声“爸”，到蹒跚学步踮起小脚丫，从小到大，不知您付出了多少心血，倾注了多少爱……

感恩您——我敬爱的父亲！听母亲说，我呱呱坠地的那一刻，您哭了，您说，那是您幸福的泪水。幸福的泪水里，饱含着您对孩儿的爱与怜。从此，您多了一份沉重的负担，而却您说，我是您甜蜜的负担。为了我，您受尽了艰难……

感恩您——我敬爱的父亲！感恩的话，虽然我从未对您说出口，却一直深深地藏在心里……

感恩您——我敬爱的父亲！在我心里，您永远是一座高山。我站在您的肩上，总能看得很远，很远……

忆二叔

听祖母说，我三岁之前，常常叫二叔“爸爸”，因为当时在我看来，二叔和我父亲长得一模一样。一声声懵懵懂懂地叫二叔“爸爸”，更加深了二叔对我的疼爱。

幼时，我长期随同外祖母一起生活，一年才能回家几次，每次回家，二叔都会把我接到他的家中，让我享受如同父亲一般的关爱与温暖。

记得一个寒冷的冬天，二叔去接我，见我穿得太单薄了，不容分说脱下自己身上的棉袄把我裹得严严实实的，抱着我在寒风中走着。

幼时印象最深的，是二叔给我梳小辫。当时淘气的我总是把头发弄得乱糟糟的，二叔微笑着轻轻地给我梳理，一个、两个、三个……二叔给我梳六个小辫，真是漂亮极了！

下雨天，淘气的我把鞋踩得特别脏，二叔用温水把我小脚丫洗干净，擦干后，让我坐在床上玩耍，他就给我刷鞋，刷得很干净。

听二叔说，我幼小的时候，哄我入睡实在是太难了，我每每困时就哭闹不止，哭累了才能睡着。二叔把我扛在肩上哄我，一哄就是几个小时。

二叔与我父亲虽然长相极为相似，但性格大有差异。我父亲属于那种爱在外打拼的人，喜欢结交朋友，靠做小买卖为生。而二叔呢，一辈子老老实实、勤勤恳恳，在村里种地、养鸡鸭、养猪，日子过得虽然不算富裕，倒也吃喝不愁。

今年 8 月，我因病住院，剧烈的病痛把我折腾得三天三夜无法安睡。住院第四天夜间，朦朦胧胧中，我见到二叔来了，他还像我儿时那样和蔼可亲，坐在床边，关切地问这问那。我哭着伸出双臂去抱二叔，没有抱住，惊醒了。我从床上爬了起来，泪止不住地往下流，不禁感慨万分。

出院后，我给长姐打电话说及此事，电话那头的长姐问我："小妹，你知道那个梦是怎么回事儿吗?"我说："二叔疼我想我呗。""二叔上个月去世了。"电话那端的长姐哭了起来。

噩耗传来，如五雷轰顶！我敬爱的二叔，您已撒手人寰，阴阳隔爱，肝肠寸断。您的侄女，心如刀绞，泪水流到嘴边，咽回肚子去，是那样的苦涩与酸咸。

我敬爱的二叔，从此以后，您的侄女，再也见不到您了，我对着苍穹哭喊，千呼万唤，喉咙破了，也没能再见到您的容颜。

我敬爱的二叔，侄女永远不会忘记，您给予了我父亲一样的疼爱。小时候，您给我梳小辫。在艰难困苦的岁月里，您省吃俭用给我五角零花钱。泪，早已湿透了衣衫……

从此以后，不知道，每年的中秋节月儿还会不会圆？

您的侄女，不期盼富贵，不奢望当官，只期待能与您梦中团圆，撒娇在您的怀抱，听着您的一句句关爱的话语，酣睡在您的肩……

无尽的思念

题记：黯然神伤者，唯别而已。留在记忆里的，是挥之不去的音容和品行。

三叔是我祖父的侄儿，虽然不是我亲叔叔，但待我很亲。

因出身于革命家庭，“参军”这两个光荣而又闪耀的字眼儿，在三叔儿时就深深地印在心坎上，他立誓长大一定要参军，保家卫国。他十六岁那年，如愿参了军，成了一名志愿军。

听我母亲说，1979 年对越自卫反击战前，三叔回家探亲，他没有先回到他母亲跟前，而是先来到我们家，还没走进家门，就大声喊道：“嫂子，小丫子会走路了吗?”虽然那时我已一岁半大了，但连站都站不起来，更别说会走路了。三叔抱着我，举高高，转悠悠，逗得我高兴得不得了。

当时像我那么大的小孩子，早就会满地跑了，而我连站都站不起来，村里一些人笑话我们家，还有一些人劝母亲把我扔掉。母亲把村里这些人的话跟三叔诉说，三叔说：“嫂子，您不要听那些人乱说，小丫子再大点儿就会走路了，不会残疾的。”

探亲假结束，三叔动身准备回部队。临行前，三叔到我们家跟我父母辞别。三叔说："大哥、大嫂，照顾好小丫子，这孩子长大错不了。"然后抱起我，对我说："乖乖的，等三叔下次回来，你一定要会走路。"

因三叔一直在部队工作，我与他聚少离多。小时候，每年只有在他回家探亲时，我才能见到他，撒娇在他怀抱，叔侄之情，难以言表。

三叔的那身神圣的橄榄绿，是我的信仰。我从小就想要进入部队成为一名人民子弟兵。虽然我是一个女孩子，但这并不会影响我渴望成为一名军人的梦想。后因客观条件，未能实现，成了一生中的遗憾。

等三叔退休回乡，我们还是聚少离多。因为我早已离开家乡，在外工作。每年我抽空回家乡一次，小住一个月。这一个月里，我每天都会跟三叔一起聊天，三叔的话里，尽是对我殷切的期望和叮嘱。

今年，因为疫情，我没能回家乡，但对三叔的思念，一直萦绕在心头。

昨天，堂妹打来电话，说三叔去世了。噩耗传来，我仿佛陷入了永无止境的黑暗之中，悲痛如潮水般涌上心头……

"小丫子会走路了吗?"当年我不会走路，成了三叔的牵挂，他盼着我赶快会走，健康成长。看似寻常的一句话，蕴含着多么深沉的叔父之情！

"这孩子长大错不了。"当我到了本该活蹦乱跳的年龄却连站都站不起来，即将去参战的三叔依然安慰我父母，给我们家点燃了希望，鼓足了信心。

点一炷心香，袅袅地升入天空，诉说我无尽的哀伤，真诚的祈愿，愿三叔与春天同在，与日月共存！

鲜花送给最爱的人，敬爱的三叔，愿您一路走好！

悼姑母

昨夜，我做了个梦，梦中回到了老家，回到了姑母的身边，暖暖地依偎在姑母的怀抱，和她亲密地说着话。姑母不停地问我的工作、生活、身体……我边回答便抚摩着姑母那满头银丝。她还满怀感慨地说："当年我小侄女两周岁不会走路也不会说话，村里一些人笑话这丫头又残又哑，可我小侄女长大后走遍全国各地，走路快着呢。如今会写诗，还成了作家。我这当姑母的老了要享侄女的福哩……"我说："姑母您会的，我一定好好孝敬您……"姑母笑了，接着又哭了，泪珠一串串地掉下来，落在我的手上、心上……骤然间，我醒来，心却仍然沉浸在悲伤之中，摸摸枕头，早已湿透……

今天一大早，一阵急促的电话铃声把我从睡梦中惊醒。哦，是表姐打来的电话，她悲痛地告诉我说姑母去世了，我的泪止不住地往下流，任凭怎样擦都擦不干，不能自已。听着电话，遥望家乡，声音哽咽……

我敬爱的姑母，您 75 岁的生命永远定格在了 2023 年的农历十一月十三日！

听祖母说，当年祖父 36 岁去世时，我父亲 11 岁，二叔 8 岁，而姑母才 3 岁。祖父去世不久后，姑母得了一场怪病，因无钱治病，虽幸免于难，但原本漂亮的脸蛋变了样走了形。

姑母 20 岁那年结了婚，先后生育了三女一男。日子过得很幸福。

小时候，我爱到姑母家去小住，跟表姐表哥们一起开心玩耍，还能吃点儿好饭菜好东西什么的。

还记得我小的时候特爱吃姑母做的红烧肉。也不知姑母从哪里学来的厨艺，做的那红烧肉色泽红亮，散发出诱人的香气，让人无论如何都抵挡不住那美味的诱惑。轻轻夹起一块，那丰富的口感仿佛在舌尖上跳舞。肥而不腻，瘦而不柴。汤汁拌饭，更是让人回味无穷。

姑母的爱，伴随着我少儿时的每一寸成长，每每想起，感激涕零……

姑母，请您原谅我因离家千里没能经常去看您；姑母，请您原谅我因生活太忙而没能给予您太多的陪伴……

姑母，听表姐说您早就闭眼了，身体也僵硬了，可几天几夜却偏偏咽不了最后一口气。这么寒冷的冬天，连续几天进不了一滴水，您是不是有什么未了的心愿而让您纠结着、硬撑着这最后的一口气？您的小侄女知道，您一定是在等跟我见上最后一面，听我再一次呼喊您“姑母”……

姑母，对不起，我前几天摔伤了腿，行走艰难，不能回去送姑母您最后一程，只好在千里之外流着泪写下这篇小文表示对您的哀悼。

姑母，愿您一路走好！您一生辛苦，愿在天堂的您过得幸福！

敬爱的姑母，您永远活在我的心里！

泪写的追思

听外祖母说，当我牙牙学语还不会叫“妈妈”时，就会时不时地叫“舅舅”了。

对舅舅有深刻的记忆，是从我三岁那年夏天开始的。

一天上午，舅舅抱着我去他家的菜园子。哇！红艳艳的西红柿，缀满了枝头，恰似一个个害羞的小姑娘，散发出诱人的清香。一个个水灵灵的，像小姑娘生气时噘起的小嘴，让人忍不住想亲上一口。我这个“小馋猫”一下子挣脱出舅舅的怀抱，伸手摘了一个就狼吞虎咽地吃了起来。“你真不讲卫生，西红柿还没洗呢，不能吃。”表姐冲我大声嚷道。“呜呜呜”，我吓得哭了起来。舅舅赶快把我抱在怀里，安慰我。舅舅说：“来，你指哪个，舅舅就给你摘哪个。你说摘多少，舅舅就给你摘多少。”于是，我用手指着，舅舅微笑着摘着……那温馨的画面，现在回想起来，依然感觉是那么的温暖和幸福。

听我母亲说，舅舅二十三岁那年右腿得了严重的病，虽经医治挽回了一条命，但落下了终身残疾。因行走不便，舅舅从没有抱过自己的几个子女，却唯独抱过我，而且是每次见到我都抱。

舅舅的腿病每年都会犯几次，而且每次犯病，都会疼得死去活来，但坚强的舅舅都是咬紧牙关强忍着，从未落过泪。

舅舅对我影响最大的，是他那身残志坚、积极乐观的精神。他因腿残疾干不了田里的重活儿，就托人买书自学了裁剪，学成后在家里开了裁缝部，给村里及邻村人做衣服，家里日子过得虽然算不上太富裕，倒也不错。

在我的记忆中，舅舅平时不爱言语。我收到大学录取通知书那天，径直去了舅舅家。当我把好消息告诉他时，他高兴极了。他伸出双臂抱我，想把我抱起来，但事与愿违，我和他狠狠地摔在了地上，更可怕的是我100多斤重的身子骨倒在了他那条病腿上。当我惊慌失措地从地上爬起来时，只见舅舅大汗淋漓，那条病腿疼得在空中颤抖……我泪眼模糊地抱住舅舅，并不时地跟他道歉。“宝贝儿，没事儿，你考上大学了，舅舅太高兴了，忘了自己是残疾人了。”舅舅反倒安慰我。

昨天晚上十一点多，我正在读书，忽然接到舅舅去世的消息。噩耗传来，我心如刀割一样，我最亲最亲的舅舅，他与我阴阳两隔了。从今往后，我再也没有“舅舅”这个称谓了，因为我只有一个舅舅，一个疼我、护我、爱我、宠我的舅舅。

敬爱的舅舅，谢谢您给予我的爱和关怀。忆儿时，我最喜欢躺在您的怀抱里。有一次，我感冒咳嗽打喷嚏，喷了您满脸的脏鼻涕，您一丁点儿都没有嫌弃我。看着病中的我，您心疼万分，您说：“老天爷呀，别再折磨孩子了，有什么病冲我来吧。”敬爱的舅舅，此时此刻，您的外甥女回想起这句话，早已泪奔了……

喉已破，嗓已哑，我敬爱的舅舅，愿您一路走好。

表　舅

表舅姓王，是我外祖母娘家侄儿。

第一次见到表舅，是在我五岁那年的春天。那时正赶上表舅家采摘莴笋。莴笋个儿大，肉嫩，削皮切丝凉拌，那叫一个鲜！

表舅家房后是一片偌大的菜园子，菠菜、小白菜……应有尽有，然而，最数那些个大的莴笋，让人看了心里充满了活力，充满了希望。

莴笋炒鸡蛋，清脆爽口，又是一道下饭菜。每次吃这道菜，我就食欲大增。表舅看在眼里，乐在心里。

每天早晨，我最快乐的时光，就是娇滴滴地坐在表舅的脖子上去采摘莴笋。“老三，乖乖，下来，别把舅舅累着。”外祖母在身后挪动着“三寸金莲”，哄我道。“姑，我不累，当舅舅的，这脖子不就是让外甥女坐的吗?”表舅笑呵呵地说道。

在表舅家，我享受到了从未有过的幸福和快乐。跟表舅家的那几个表兄妹们玩得不亦乐乎，表舅虽然不会说太多的喜爱我的一些话，但他竭其所能招待我这个年幼的外甥女，杀猪、买鱼、宰鸡……然而，最让我垂涎欲滴的，是那道香脆爽口的农家土菜——

莴笋炒土鸡蛋。那一年，我五岁。

那次跟着外祖母在表舅家住了半个多月才回了家。从那之后，“表舅”这两个温馨的字眼儿，成了我幸福的代名词。

回家后，夜夜入梦的，都是在表舅家幸福、快乐的一幕幕、一桩桩。但因每年家里农事特别多，一直过了好多年，外祖母都没能抽空带我再去表舅家。

1991 年，我以优异的成绩被省级重点高中录取，外祖母喜极而泣，说要带我去娘家走一走，住些日子。我真是太高兴了，我终于可以再见到我的表舅了。

然而，那一年家里蔬菜种得太多，且又丰收在即。最后外祖母安排我独自前往表舅家。那一年，我十五岁。

下了车，凭借儿时的记忆，我找到了表舅家所居住的村庄。那天我没有向任何人打听表舅家的住址，因为表舅对我深深的爱早就烙在心里，我要靠自己的心灵感应去找表舅家。在村里转了一圈，走过了一排又一排人家。在经过一户人家门口时，一位身材高大、面容和蔼的叔叔吸引了我的眼球。我打量着他，他打量着我。“您是我的新河表舅?”我走上前去，很礼貌地说道。“你是张家老三!”他微笑着，一下子把我揽入怀里……

终于再次见到表舅了，一股股暖流顺着脸颊止不住地淌。十年了，我从一个儿童变成了少年，而表舅呢，比当年多了几道皱纹。我想，那皱纹里，除了因为奔波劳碌外，也一定有对我这个外甥女的想念吧。

说起表舅，更让我感动的是，在我们家所有亲戚之中，唯有表舅记得我的生日。虽然我家与表舅家相隔一百多里地，但小时候我每年我过生日，表舅都会买一身新衣服托人给我带过来。

高中毕业考上大学后，我就离开了家乡，直至大学毕业后在外工作，都一直没能抽空去看望表舅。但表舅对我的好，我一直铭记心底。我曾多次托母亲给表舅捎些钱去，都被表舅拒收。表舅说："老三能有这个孝心，我就很高兴了。一个女孩子在外风里来雨里去的不容易。"农历九月二十六是我外甥女的生日。"对于我的生日，表舅一辈子都记得牢牢的。每次母亲去看望表舅时，表舅都叮嘱母亲不管多忙，都要给我过生日。

2022 年 3 月，就在封城宅家全民抗疫的非常时期，母亲打来电话，说表舅去世了。顿时，如五雷轰顶，我放声恸哭……

我的心痛如刀割一般，无法言说……

"当舅舅的，这脖子不就是让外甥女坐的吗?"表舅这句温和的话语，温暖了我的心窝，抚育我快乐成长。

又到了生日，全民抗疫仍在有序进行中。我想，天堂里应该没有新冠疫情肆虐吧。我泪眼望天空，敬爱的表舅，您在天堂还好吗?

怀念远去的老院长

这还得从四年以前说起。

2019 年夏天，我肠胃犯了病，上吐下泻难受了好几天，虽吃了一些药，但也不见好转。

有一天，我给一位良师打电话说了我的病症，他跟我说：“紫伦红绿灯南边有个石文诊所，那诊所是一退休的卫生院院长开的，叫石文。那大夫擅长治疗各种疑难杂症。你可以去他那里诊治一下。”

谢过良师，我强撑起床打车到了石文诊所。“您好，您来了。请问您哪里不舒服?”一进门，一位慈眉善目穿着白大褂的老大夫微笑着站起来跟我打招呼。“您好！您是石大夫吧？我是×××老师介绍来找您治病的。”我说。

一番嘘寒问暖后，石大夫便为我诊治疾病。确定病因后，他开好药方让护士给我输液。

在我输液期间，石大夫拿出一个厚厚的本子递给我，然后毕恭毕敬地站在我的病床旁，说：“这是我写的诗稿，水平有限，请老师指教。”那谦恭的态度，着实让人敬佩与动容。

我轻轻地打开老先生的诗稿拜读，每一首作品都留下了他斟文酌字的印记。他说，初稿都是用铅笔写的，第一次修改用蓝色的笔，第二次修改用黑色的笔，第三次修改用红色的笔。我不禁被他这种孜孜不倦追求诗词文化的精神所感动。一个退休的大夫，白天在诊所忙碌，夜晚勤勉学习诗词，我的锲而不舍的长辈啊，您实在令我敬佩与叹服！

2019 年冬天的一个晚上，我不慎被家中猫咪抓伤，我把伤势发了朋友圈。

第二天一大早，我还没从睡梦中醒来，电话响了。我睁开蒙眬的睡眼，哦，是石大夫来电话了："张老师，您在哪里？赶快去二小南边疾控中心打狂犬疫苗。我这就骑车去那里等您。"唉，我的可尊可敬的长辈啊，谢谢您。

当我到疾控中心门口时，老先生已经在那里等我了。他的脸冻得红红的。见到我，他顾不得寒冷，催促我赶快去找大夫诊治。我感动得不知所云……那时那刻，眼前的这位石大夫，简直就是我的叔父，不是亲人，胜似亲人！

时间如风驰电掣一般，转眼认识石大夫四年了。几月前，我病了，去石大夫诊所，得知老先生患了病，去廊坊住院治疗了，我的心隐隐作痛。当天晚上，我给他打了电话，安慰他一定要多注意身体，调整好心态，要相信医学。

昨天下午，我正在工作，收到石大夫诊所一护士发来的微信，告诉我石大夫去世了。噩耗传来，我十分悲痛，多好的一个人哪，说没就没了，怎不让人心痛！

打听到石大夫的丧事在老家办理，下班后，我买了花篮，打车去了石大夫的老家，去吊唁他老人家，送老人家最后一程。一鞠躬，对老先生的无限尊重；再鞠躬，对老先生的深切哀悼；三鞠躬，愿老先生安息！

对联一副，以表对石大夫无尽的哀思：

悬壶妙手曾济世，

德望声名昭后人。

愿老院长一路走好！

往事回眸

煎　茶

题记：祖母的茶，永远值得回味！

我煎茶的技艺，是从祖母那里习得的。

祖母出身显贵之家，自幼就会享受生活，喝酒、品茶、读书、赏月……

祖母 70 岁之前，最喜好的是酒。每天中午都饮酒，而且一饮至少半斤，饮后酣然入梦。70 岁后，祖母开始慢慢地减酒了，虽然每天中午还是饮酒，但她把量控制在不超过二两。祖母说，岁数大了，该注意养生了。

之后，祖母以饮茶为日常生活中一种重要的享受。善于享受生活的她，常常不辞辛苦亲自生火煎茶。

我家五里外有一座大山，泉水日夜不息地从山缝中澌出，晶莹剔透，靠着洞口的右边往外流。我只要一有闲暇，便会跟祖母去弄一些泉水回来。

祖母自幼饱读各种书籍，从书中习得了独特的煎茶方法。祖母说，煎茶第一要有新鲜的泉水，注入铫中，先用文火慢慢烧，一面取出精琢的石碾来，将翠绿的茶饼放入碾船里，细细研磨，一面静听壶中水沸的声音。

祖母还说，水有三沸。初发，水泡仅如蟹眼一样微细；逾时，沸声渐大，如风动簧管，嘈嘈低吟，则壶中水面，起泡已大如鱼眼，这是一沸。到这时候，应将炭火煽旺，使鲜红的火焰不断跃起，这叫"活火"。活火急煎，壶水便四向腾涌，散如滚珠，沸声愈激越清澈，这是二沸。二沸是"汤"的最佳火候，过了二沸后，壶水腾波鼓浪，这是三沸，汤已太老了。

我虽然好酒，但酒量不好。比起喝酒，我倒是更偏于品茶。少时从祖母那里学得的煎茶手艺，如今果真派上用场了。

夜晚，我常常煎茶独饮。虽然没有什么名茶，但因自身有煎茶的妙计，倒也能喝上香茶。新绿放入茶瓯，将二沸的水冲入，则茶在瓯中，翠屑旋转，清香四溢，然后细细品味，尘俗顿消。也常常在睡足一个好觉后，喝上一瓯自己亲手煎的茶，那种幸福，那种快乐，难画难描。

一瓯好茶在手，从袅袅茶烟中，便能把自己从忧烦劳苦的尘网中解脱出来，神游太虚，获得精神上的满足、心灵里的宽容，正如子瞻先生诗中所言："乳瓯十分满，人世真局促。意爽飘欲仙，头轻快如沐……"

一件珍贵的奖品

外祖母上有五个姐姐，下有一个弟弟。从我记事起，外祖母的五个姐姐就相继离世，所以那时外祖母娘家就只剩下她一个弟弟——我的舅姥爷。

每年农闲时，外祖母就带着我到舅姥爷家小住。自我很小的时候起，舅姥爷就一直很疼爱我。

1991 年，我以优异的成绩考上省重点高中，早已年过古稀的外祖母高兴得如同孩子一般，乐得一把鼻涕一把泪的，一整天几乎都在自言自语："我的宝贝儿有出息啦！这将来一定是上大学的好苗子呀！"过了几天，外祖母决定带我去她娘家住一些日子，说是让我舅姥爷也高兴高兴。

那天，外祖母一大清早就起来做早饭（我们那里乡下人早饭都自己从家做着吃，与城里不同），一股香味儿扑鼻而来，随即进入到我的小鼻孔，香味儿如同闹钟一般，让我从熟睡中醒来。哇！好香啊！于是，我便起了床，洗漱完毕后，开始津津有味地吃着外祖母为我准备的香喷喷的早饭。至今还清楚地记得，那天外祖母为我做的是手擀面卧荷包蛋，真的好香！

早饭后，我和外祖母登上了去舅姥爷家方向的公共汽车，四十余华里的路程，我迫不及待，希望那公交车能快些行驶，恨不得马上就到我舅姥爷家。大约一个半小时，那辆公共汽车终于到了舅姥爷家的那一站地。我特别兴奋，终于到舅姥爷家了。

舅姥爷见到我甭提多高兴了，简直比见到我外祖母还高兴！我赶快拿出我的录取通知书，舅姥爷高兴之余就开始对我称赞不休："你这个小鬼头，打小就那么机灵，我早就料定你长大是个人物，准错不了！"过了一会儿，舅姥爷带着我去他们镇里的鞋店给我买了一双白球鞋，说是对我的奖励。我心里甭提多美了！

舅姥爷给我买的这双白球鞋，伴我度过了高中三年的春夏秋冬。我把这双白球鞋当作人间珍宝，每逢下雨，甚至是极度寒冷的下雪天，我都会把鞋脱下来，放在手里拿着，所以我的那双白球鞋总是那么干净。那时学校是每到月底放三天假，我就利用这三天假的时间，轻轻地把鞋刷干净。我的同班同学们都以为我特别爱穿白球鞋，甚至以为我对白球鞋情有独钟，因为他们三年里看到我脚上穿的都是白球鞋，然而他们之中有谁能知道这是我舅老爷给我买的白球鞋呢?!

这双白球鞋是舅姥爷给予我的奖品，我把它视为珍宝，百般地爱护。多少年之后，我还在珍藏！

永远的牵挂

大一那年放寒假，我回到了家乡。从母亲口中得知舅妈不慎腿摔了造成了骨折，我的心里像油煎一样。当时天已黑，我骑自行车急急忙忙地往舅妈家赶去。

一路上，小时候舅妈对我种种的好清晰地浮现在眼前，感激的泪水止不住地流。

到了舅妈家，我详细问清伤情，得知无大碍后才稍稍放了心。

记得五岁那年夏天的一个傍晚，我淘气去河边摸田螺，不小心掉进水里，费了九牛二虎之力才从河里爬上岸。母亲的严厉是出了名的，如果回家被一顿狠打那是肯定的。于是，一路狂奔，连夜逃到舅妈家里。“舅妈，快开门！”我敲门大声喊道。“来了！”舅妈应声很快开了门。见到浑身湿透的我，舅妈很心疼。她安排表姐弄水给我洗澡换干净衣服，然后她去灶房给我做饭。不大一会儿，母亲追到舅妈家了，拽着我就要打。被舅妈及时拦住，才得以幸免。

记忆中，第一次拿到手最大的一张钞票，是十元纸币，是舅妈给的。那是我读初二的时候，舅妈悄悄给我的，说我学习费脑子，要补充营养。

大学毕业后，我参加工作留在了外地，虽然很少去看望舅妈，但曾多次托母亲和姐姐给舅妈带去一些钱物。知道她不缺钱，只是表达我的一份感恩之情，也算是我对她老人家尽一点儿孝心吧！

女儿懂事后，我也曾多次把舅妈对我种种的好说给她听，她也很受感动。

现如今，舅妈已七十有余，走路时总是步履蹒跚。足能令我还有一点点心安的，就是舅妈的身体没有什么大毛病，毕竟她已是古稀之年了。

舅妈在我学习劳累、营养缺乏的日子里，给了我十元钱，还有小时候她对我数不尽的好，着实让我终生铭记。

小时候，我是舅妈的牵挂。长大后，舅妈是我的心尖儿。

我心中的石老师

题记：母亲常说，师恩似海，要永远记着老师的恩。

与石老师的相识，是在2016年年底的一个酒宴上。

那天宴席上，大家在诵文、唱戏、作诗助酒兴，推杯换盏，好不热闹！我是一个小辈，不敢贸然吟诗作赋，只得洗耳恭听了。其中，一位中等身材、皮肤白皙、温文尔雅的老夫子模样的男老师，给我留下极为深刻的印象。

后从一位良师那里得知，他叫石宝海，是河北省作家协会会员，曾与孙犁有书信往来，知名评论家。

2017年上半年，我开始学习写旧体诗，拼命地学，拼命地写，每晚坚持学习到夜深两点。有一天，我在诗词协会群里发了一首七言绝（姑且斗胆称作七言绝吧，其实与真正的七言绝相差甚远）。不大一会儿工夫，石老师就在群里发了一句话："写诗要有真情实感，无真情实感就不能叫诗！"那一次被批评的滋味真不好受啊，甚至直到现在，耳畔还回响着他那严厉的批评声，使我记忆犹新。

但很快的，我便满怀感激之情去面对石老师的批评。他是前辈，严格批评我是为了让我成长与进步，我应该好好感激才是。于是，我更加努力学习，不断进步。经深入学习得知，诗是表现人的情感的。诗是一种抒发诗人感情的文学样式。古今中外所有的诗，一概如此。用一句通俗的话来说：就是抒发和表达诗人面对世界和事物时，内心产生的各种复杂的情绪和感受。如谪仙李白的一首《赠汪伦》：“李白乘舟将欲行，忽闻岸上踏歌声。桃花潭水深千尺，不及汪伦送我情。”在这里，诗人把桃花潭水的深浅，同汪伦的情谊相比，变无形的友情为生动形象的桃花潭水，空灵而有余味，自然而又情真。

真情实感，就是真挚的感情，实在的感受。写诗也好，写文也罢，没有比由衷而发的感情更能打动人心的了，所以要用真情实感去写，才能感动自己，才能让别人读了也受到同样的感动。

石老师退休后回到了农村的老家，过上了田园生活。前年暑假的一天，我和几位老师去与石老师小聚。他非常热情地带着我们去他的菜园看一看。

小菜园美极了！一畦一畦的，好一派生机勃勃的景象！那一棵棵小白菜整整齐齐地站在那里，像一个个水灵灵的小姑娘抖着翠绿的小摆裙。那一排排韭菜抖抖擞擞地立在菜畦，像一群群绿茵茵的小精灵，扭着醉人的小腰杆。那一串串小番茄红红艳艳地挂在枝头，像一张张滑嫩嫩的小脸蛋，噘着可爱的小嘴巴……

就在众人正陶醉在这盛景时，石老师家的那只可爱的大公鸡也来到小菜园凑热闹，这给怡然自得的我们又添了一份快乐和兴趣。它一身油亮的羽毛，犹如披着一件华丽的锦袍，实在是真美啊！它头上的那顶鸡冠火红火红的，恰似一朵盛开的鸡冠花。它的眼珠子黑亮黑亮的，犹如两颗黑珍珠，左顾右盼的，十分有神。更有趣的是它那灵巧的双脚，走路的时候，它总是走了一会儿，然后用一只脚站着，过了一会儿，又换另一只脚站着。不知它这是在给我们展示金鸡独立健身法，还是在跟我们耍酷。那滑稽的样子，逗得我们个个都笑弯了腰。

“采菊东篱下，悠然见南山。”那时那地，我们尽情地享受在那精神世界和自然景物浑然契合的那种悠然自得的美好之中。

临走时，石老师和他的夫人非常热情给我割了一大捆韭菜，还摘了一些黄瓜。我不好意思接受，可石老师却执意让我拿着，他说：“这是纯绿色食品，吃着干净，对健康有好处。”带着满分的感激，我离开了他的家。石老师给我的不仅仅是绿色蔬菜，还是满满的师恩。

后与石老师的联系随之也多了一些。因我喜好散文，几年来，偶尔参加赛事，凡是预备参赛的文章，我都会事先请石先生给指点，聆听他的教导。

去年三月，我写了一篇《知母莫若女》的散文请石老师指教，他教导我说：“自己爱花惜花，所以在母亲节这一天可爱的女儿送了一束花。以此来表达母女亲情，立意不错，但文章有些平实了。文似看山不喜平。缺少了感人的情境描写，文章也就缺少了色彩。短小的文章更要集中于细节，如果集中于接到花时的细节情境及内心感受来写，是否更好？你读过明代归有光的《寒花葬志》吗？可以领悟一下短小散文的创作艺术。”当日晚上，我反复拜读归有光的《寒花葬志》，受益匪浅，于是详细描写了接到花时的细节情境及内心感受。改完后给他发过去，得到他的认可后，把文章投出去参赛，此文后经大赛组委会评选，荣获一等奖。

我与石老师很久没见面了，我对他甚是思念，也甚是牵挂。

去年年底给他打电话，得知他不幸遭受了新冠病毒感染，我的心像被针扎一样痛。我真的不敢想象，原本就瘦弱的他，将如何忍受新冠病毒的折磨与煎熬?！电话中，我反复告诉他一定要多注意身体，按时吃药。

日子在我对他的万般思念与牵挂中慢慢过去，一天、两天……

前几天，我给石老师打电话，邀请他到城里来聚一聚说说话。见了面，我跟他并没有太多的寒暄与问候，只是默默地听着他跟其他几位老师聊天。他比之前更加憔悴了，头上的白发也似乎更多了。看着他，我的心隐隐作痛，我的泪一下子流下来了。

即刻，我拭干了泪。怕他看见，也怕别的老师看见。因为，相聚应该高兴才是，我又怎么能流泪呢?

午饭后，我联系车送他回家。一路上，他给我讲解文学创作知识，还鼓励我多读文学精品。我认真地听着他说的每一句话，每一个字。他的谆谆教导深深地刻在我的心里，他关切的话语如父爱般温暖着我的心，汩汩暖流在我的心中流淌……

到了他家门口的大道边，车停了下来。他非常热情地让我去他家里坐一坐，我说："谢谢您，过一阵子我再来看望您。"在依依不舍中，他下了车。

他一步步向家门口走去，车仍停在原处，车窗敞着。在晶莹的泪光中，我看见他那风中的白发……

老师，学高为师，身正为范！不懂父母，不知亲情；不懂老师，不知无私。感恩您——石老师，因为有您的谆谆教诲，才有我在文学道路上的逐步成长！师恩难忘，您的恩情，我永远记在心上！师爱无疆，您的付出，如汩汩暖流在我心头流淌！

敬爱的老师，我想，假如您是蜡烛，我希望蜡的烛光会永远折射着您的无怨无悔；假如您是春蚕，我希望蚕的灵丝会永远明证着您的任劳任怨。

尊敬的石老师，我想说，您是爱的化身，因为，当我迷茫时，您化身为指路明灯，照亮我脚下的路不会走偏；还因为，当我受挫时，您化身为勤劳的园丁，除去我周边的杂草荆棘；更因为，当我伤心时，您化身为天使，让我重回活泼少年。

尊敬的石老师，我想说，您是我人生道路上的良师益友，给了我愈挫愈进的勇气。使我坚信：只有先做好人才能写好文。在做人与作文的历程中不断创出新的业绩。

鲜花感恩雨露，苍鹰感恩长空，高山感恩大地，儿女感恩父母！我拿什么感恩您——我敬爱的老师。我想，此时此刻，最珍贵的，莫过于文学园内那束正在喷香怒绽、欣欣茁壮的康乃馨！

良　师

与他的相识，是在一次笔会上。

那次，我受邀参加一个企业的笔会。那天参加笔会的老师很多，他们的书法、绘画作品看得我如痴如醉，赞不绝口。我走到一位中等身材老师跟前，静静地站在那里欣赏着他挥毫泼墨。他似乎没有察觉到我的到来，仍然聚精会神地写着。不大一会儿，一副对联写好了，他轻轻地放下手中的笔，和蔼可亲地看着我，自我介绍道："你好，我叫赵金堂！"我简要地向他做了自我介绍后，毕恭毕敬地看着眼前的这位前辈，他看上去年龄与我母亲相仿，倘若做我的舅舅，可能是再合适不过了。

接下来，我们便攀谈起来。出于对长辈的尊重，我这个小话痨只能静静地聆听并不时点头微笑了。

也许是遇到方家的缘故，那天笔会结束后的午宴上，我灵感来袭，即兴作了一首七言律，不，严格说来是顺口溜。在场的一些老师啧啧称赞，而他，让我把诗一句一句地复述，他仔细听后，认真点评，哪个字用得好，哪个字需要修改，我拿出笔和本子，认真记录并不时提问，他不厌其烦地一遍又一遍地讲解，饭菜早已凉透，他还在给我讲解，那种传道授业解惑之精神，我除了敬佩还是敬佩，除了感激还是感激……

那天之后，我每周给他打电话请教诗词知识，受益匪浅。

有一次，我骑车路过府前街碰巧遇见他，他看上去特别憔悴。我问他最近身体怎么样？他说身体还不错，就是太累了，天天在校对诗词稿子，准备出《香河诗词选》第二册。我看着他，除了更加敬重外，还有些许的心疼。年近古稀之年的他，退了休，本该享享清福，却老骥伏枥发挥余热为香河诗词文化的发展在拼搏，在奉献，这种高尚的品质实在让我这个晚辈万分敬佩。我对他说："如果有需要我做的，请您尽管吩咐。"他说："如果你有时间的话，帮我把一些手写稿弄成电子版，然后将整个电子版把第一道关。"我答应下来了。

两天后，他把所有稿件给我拿了过来，叮嘱我一定要保存好、严把关。

带着他的嘱托与信任，我便开始干活儿了，披星戴月，不怕辛苦，唯恐有丝毫差错。历经3个月之久，我把初稿及我对一些诗的修改意见180多页手写稿交给他时，他向我表达谢意。他坚持要给我报酬，被我拒绝了，我说："信任值千金！感谢您对我的信任。"

《香河诗词选》（第二册）出版后被国家图书馆珍藏，佳讯传来，众诗友写诗祝贺，香河诗坛明珠更加璀璨夺目，这荣誉的获得，饱含着他多少辛勤的汗水与心血！

时间似飞箭一样，一晃3年过去了，我从香河诗词协会会员到副秘书长再到副会长，每一点一滴的成长，都离不开他的批评、教导、鼓励和关怀。

他是我的良师，是我特别敬重的前辈，也是很多中青年诗友敬重的长辈，大家尊他敬他，并非因为他是香河诗词协会的会长，而是因为他那种爱国爱党爱家园的赤诚以及无怨无悔无私奉献的精神。

近期，得知他又喜得一孙，我祝他添丁大喜，大吉大利！特作对联一副，以贺之：

慈人多喜气，

贵府降贤孙。

衷心地祝愿我的良师——赵金堂老师，身体健康，永远开心幸福，也祝他的贤孙健健康康，茁壮成长！

长　姐

题记：连心的手足之情，会随着岁月的沧桑越来越浓。

那日，朔风凛冽，冻天冻地的晓色朦胧中，长姐送我到火车站外。

回忆起小时候，因为家境贫寒，我寄养在外祖母家，很少与长姐见面。每次见面，我们都相拥而泣，而临别时，更是泪流不止……我们多么希望，能永远不要分开，形影不离，然而，命运似乎总爱捉弄人，越是不愿分开的人，越要分开。

后来，我终于回到了家，回到了长姐身边。身体瘦弱的她，每天干完地里的活，还要洗衣、做饭，但一有空闲，就背着我出去玩。而我，似乎习惯了趴在她的后背上撒娇，明明自己跑得比谁都快，却一步也不愿意走，总是让长姐背着，尽情享受在长姐背上的滋味儿。

再后来，长姐出嫁了。诗经说："之子于归……"这是女孩子最终的归宿，她去了她一生赖以终老的地方了，幼小的我竟然无声地落了不少次泪。从此，我和她便不能相依相随了，心中有说不完的痛苦与思念。我想长姐也肯定是时时刻刻都在思念着我，还好，她不管多忙，也会每个月回家一两次，一定是放不下这个曾养育她二十载的家和家里的一草一木、一砖一瓦以及包括我在内的家人。于是也就有了我再上她背上尽情玩耍撒欢儿的机会，那种幸福，真是比吃了蜜还甜。

读大学时，因路途遥远，只有寒暑假我才能与长姐相见，彼此心中的万分思念，通过一封封家书尽情倾诉。“家书抵万金”，我想她一定是因为太忙才来不及给我写回信。每次捱到放假，我都是急匆匆直奔长姐家，与她紧紧地依偎在一起，有说不完的心里话……

那年正月十五，天气格外寒冷，长姐送我去火车站。一路上，长姐叮嘱我要好好读书，在外照顾好自己。行至火车站外，蓦然惊觉，必须于此告别，我们便情不自禁地惶恐起来。

我看了清瘦的长姐一眼，脸色突然变得非常苍白，嘴角抽动了一下，差点流下泪来。

去大学求学深造，是我孜孜以求的梦想，但不知为何，我却要这么悲伤。我们姐妹俩再也说不出一句话来。

那一刻，我的头脑里，忽然变得茫然而不知所措，一片空白，心神恍惚。就跟灌了一碗酒似的，虚飘飘地直有眩晕的感觉。仿佛看见长姐挥挥手，急急忙忙回去了。我站在原地，一直眺望那个瘦弱的身影。

忽然间，这个熟悉的背影，一耸一耸地，一会儿出现，一会儿又隐没不见了。

姐　夫

题记：男人，有一颗良善的心，比外表的俊美更值得赞美！

记得与姐夫的第一次见面，是在我少儿时的一个冬天的上午。

那天我正在院子里玩耍，突然见到一高一矮两个男的进了院子。我把来者上下打量一番，个儿高的年长，皮肤黑黑的，小眼睛，瘦瘦的，说话慢条斯理的。个儿矮的大约二十岁，皮肤白皙，大眼睛，不胖不瘦，说话时羞羞答答的。“爸爸妈妈，来人了。”父母闻声出来迎接来者。

很快，我从大人们的谈话中得知那个年轻的是来跟我姐相亲的。哦，如果相亲成功，他不就是我姐夫了吗？不行，我得好好跟他聊聊。“喂，大哥，出来一下。”我招呼那个年轻人。他笑呵呵的，便随我来到院子里。“你多大啦？”我问道。“二十。”他微笑着说。“二十才长这么高点儿？还要相亲？”我大声嚷道。他本就羞涩的脸似乎更加红了，还是那么微笑着。“老三，你瞎说八道什么呀？一点规矩都不懂。”母亲听到我的说话后，对我厉声斥责道。随后把他叫回屋里。

后来我才知道，那天的相亲，我姐几乎是在父亲的包办之下答应了这桩婚事。后经过两年的相处，便结了婚。

姐姐、姐夫婚后，相继育有一子一女。姐夫特别疼爱姐姐，虽然日子过得不是很富裕，但很幸福。姐夫是老实巴交的庄稼人，不会什么好的技术，就是勤勤恳恳在农业上大干。他脾气特别好，还特别孝敬双方父母。由于人品好、心地善良，因而在村里人缘好、威望高，在老丈人这头也颇受尊重和喜爱，对小舅子、小姨子都很好。那些年，每到节假日，我和弟弟常去姐家小住，姐夫总是乐呵呵的，好吃好喝地招待着，临走时还给我俩零花钱。在我们家里，我哥哥、我和弟弟甚至连本家的兄弟姐妹，只要是比我姐小的，都尊称姐夫为“大哥”，视其为兄长。

说起姐夫，有一件事情至今乃至终生都难以忘却。1994 年，我高中毕业考上了外地的一所大学，当时家里生活拮据，母亲求爷爷告奶奶地给我凑钱也没有凑齐，在家唠叨了我好几天，责怪我考外地的学校多花钱。我虽然能够理解母亲的良苦用心，但心情却是一团糟，一声不吭地躺在床上默默流泪，泪水之中饱含着一个孩子对母亲的感恩，因为母亲为了我，的确太辛苦了。也饱含着一个花季少年对命运的悲哀，为了上学，三年高中里，只穿了一双鞋，唯一吃过的一顿好饭菜是一碗鱼汤泡米饭。想到伤心处，泪水再也止不住地流，进而放声大哭。正当我哭得伤心欲绝时，姐姐姐夫来了，问清楚缘由后，姐夫劝我：“来，小妹不哭，起来吃饭。有什么困难，姐姐姐夫帮你。”姐夫的话深深地感动着我……

后来我才知道，那年暑假，姐家接连发生了不顺心的事情，先是我外甥女胳膊骨折住院动手术，紧接着又是姐夫腿严重受伤住院了二十多天。但即使在这么困难的情况下，姐夫还接济我两千元钱供我去读大学。姐夫对我付出的，是兄长一样的关怀与爱护。

姐夫最让我感动的，在我人生处于最低谷的时候，他还是一如既往地关心我、支持我，鼓励我一切向前看。毫不夸张地说，这一点连一些骨肉至亲都很难做得到。我不止一次跟我的外甥女（姐姐姐夫的女儿）这样说过："你们家人都是非常好的人，但是，你爸爸是最好最好的人。"

其实，我姐当然也是很好的人，她心地非常善良，对我也特别好。但我姐脾气有点儿大，遇到事情爱着急瞎嚷嚷，对于处于不顺中的我来说，无疑也是一种精神上的打击和伤害。而我姐夫则不然，不论什么情况，都会温和地安慰人，并想方设法帮助解决困难。

如今，姐夫跟我姐结婚已经三十多年了，三十多年来，姐夫从二十岁刚出头的白白净净的小伙儿，变成了满脸皱纹的小老头，唯一不变的，是他那颗特别善良的心和温和的话语。

每次打电话，姐夫问得最多的，就是"身体好不好""工作顺不顺利""生活困不困难"；电话里叮嘱最多的，就是"照顾好自己""好好生活""好好工作"。

这么多年来，每每回忆起姐夫对我的种种的关心、鼓励和帮助，我就感激涕零。

这就是我的姐夫，虽然，他没有高大的身材，但他以他优秀的品质诠释了高尚；他没有英俊的外表，但他以他纯洁的心灵诠释了美丽；他没有动听的语言，但他以他真诚的行动诠释了善良。

由衷地感谢您——我尊敬的姐夫，您对我的好，我将铭记于心。

儿时的记忆

一些往事，细细回味，感觉是那么的韵味悠长。

永远难忘的是我六岁那年那个格外寒冷的冬日上午。哥哥、姐姐准备好镰刀、斧子、绳子、小车，要出发时，我问："你们去干什么?"姐姐神秘又调皮地说："我们去寻宝藏!"寻宝藏?我想起爸爸给我讲过的古人们深山寻宝的故事，便产生了好奇心，便说："我也要去。"哥哥不同意我去，说我还小，等长大些，再带我去。姐姐被我缠得无可奈何，对哥哥说："带她去吧!我第一次去的时候，比她还小呢!"就这样，哥哥把我抱上了车，姐姐拉着车，哥哥在一旁保护着我的安全。我们仨唱着《让我们荡起双桨》，奔向田野。

一路上，我无比兴奋，想象着宝藏的模样。

到了五里外的地里，哥哥开始砍柴，我问姐姐："哪里有宝藏?"姐姐捡起树枝，说："这就是!"这时候，我才明白，对于我家来说，冬天买不起蜂窝煤，靠这些柴草烧炕取暖，的确是宝藏。

姐姐让我在车旁等候，"不，寻宝，哪能没我呢!"我噘着小嘴反驳道。

哥哥微笑着把我从小拉车上抱了下来，叮嘱我注意安全，别伤着。我们挥起镰刀、斧头，奋力地割枯草、砍树枝。

寒冷的西北风无情地把我们仨的手冻肿冻伤，万分欣喜的是，有阳光照射着我们的脸庞，汩汩暖流在我们心中流淌。我们拉着装满柴火和阳光的小拉车，怀着丰收的喜悦，一步步奔向家的方向……

第一次尝到了劳动成果，虽然手磨了泡，身有些累，但我们的心是那样的兴奋、昂扬。

离家不远处，我们看到父亲在焦急地等待。我跑上前去，骄傲地对父亲说："爸爸，爸爸，我跟哥哥姐姐去寻宝藏了。"父亲一愣。"您看，那些就是宝藏！"我指着满车的柴草，娇滴滴地对父亲说道。

看到三个早已被冻肿了鼻子和耳朵的孩子，父亲欲言又止，低头不语了……

我踮起小脚尖，跟父亲撒起娇来。父亲笑了，他一把抱起我，说："宝藏，宝藏，你们才是爸爸的宝藏啊！"

母亲闻声从灶房里出来，解下那条破旧的围裙，急匆匆地拿起脸盆，先用水舀子从水缸里舀了半舀子凉水，又提起暖壶倒了一些热水，用手试了一下水温后，招呼我们洗手吃饭。那天吃的是馋了许久的蛋花汤……

饭后，我们一家人围坐在一起，母亲把一些柴火放在家中那个大大的火盆里，用火柴点着，一盆篝火温暖着我们家幸福、团圆的时光……

堆雪人

我年幼时，父亲身体不好，家境贫困。母亲脸朝黄土背朝天在家中几亩承包地里辛勤劳作，勉勉强强糊口。

五岁时，我随同外祖母风里来雨里去街头卖菜，那时，夏天最期盼的是老天爷下雨，因为下雨能凉爽一些，渴了还能喝雨水。冬天最期盼的是下雪，因为下雪路太滑，外祖母和我就不去卖菜了，而是陪我一起在门前那片空地里堆雪人。外祖母用铁锨给我铲雪，我堆雪人。有一次下大雪，我堆了四个雪人。外祖母问："小乖乖，今天怎么堆这么多雪人啊？给说说吧，各是谁？"我说："这个又高又瘦的雪人是爸爸。您别看他高高的个子，但身体不好，太瘦了。肩上扛着扁担的这个雪人是妈妈，她常常挑水浇地。这个驼背雪人当然就是外婆您了。因为您太辛苦了，总是把我背在背上，背都压弯了。最小的这个就是我了，又瘦又小。"外祖母听完，眼圈红红的。

外祖母老了，她的背已弯曲，仿佛层峦的群山的背脊；外祖母老了，她的头发已斑白，好似凛冽的冬日的残雪；外祖母老了，她的手已干瘦，如同粗糙的古树的枝干。

小时候，最难以忍受的，不是辛苦卖菜，而是想家。想家中的爸爸妈妈，还有哥哥姐姐。想家的滋味儿真不好受，白天想家吃不下饭，夜里想家睡不着觉，枕头湿得透透的，用一句话总结：想家是一种钻心的痛，痛得无药可治。

想起家中的爸爸，他因病骨瘦如柴，每次跟他团聚后分别时，他都一直目送我很远很远，而我，也是无数次的回头张望……

想起家中的妈妈，虽然她过于严厉，但我依然还是那么爱她、思她、牵挂她。听外祖母说，妈妈自幼手是那样纤细，那样光滑，那样娇嫩。而如今，她干活从天黑干到天亮，从天亮干到天黑，她那双美丽的双手磨得十指生茧，手背上还长了一层浅黑色的皮。

那年大年三十，我终于回家过年。大年初一一大早，鹅毛般的雪花飞舞，越下越大。爸爸说："老三，吃完饺子爸爸带你堆雪人。""好呀好呀！"我高兴地亲了爸爸一下。

饭后，爸爸带着我来到院子里堆雪人，妈妈也跟着来了。爸爸滚雪人的头，妈妈堆雪人的身体，还安上了手和脚。雪人快堆好了，我找来了小石头当雪人的眼睛和嘴巴，用一根黄灿灿的胡萝卜当雪人的鼻子。爸爸用倒扣的木桶做雪人的帽子。一个可爱的大雪人做好了。

爸爸妈妈蹲下身子，拉着手，对我说道："来，老三，上座。"我坐上了爸爸妈妈温暖的手臂。围着雪人，左一圈、右一圈，"哈哈哈……""哈哈哈……"我在爸爸妈妈温暖、甜蜜的臂弯里，幸福的笑声响彻我们家的每一个角落。

采　夏

少儿时的一个暑假，懂事儿的我帮着父亲去割青草喂牛，为的是把牛养肥了卖钱贴补家用。

我把割青草称为采夏，因为我是以一颗快乐的心去采集夏天大自然的绿色！

夏天昼长夜短，大约四点钟就天亮了。我背上小竹筐，跟着父亲向野外走去。到了草多的地方，我们便停了下来，放下竹筐，我学着父亲的样子，半蹲着身子，左手扶着青草，右手挥着镰刀，割了一会儿，我便累得上气不接下气，一身破旧的衣衫早已被露水湿透。我默默地看着不远处的父亲，他笑呵呵、聚精会神地蹲在那里割草，就像正在握着一件价值连城的宝贝一样欣喜。看着忙碌着的瘦弱的父亲，我的心如同被针扎一样痛，于是我对他说道："爸爸，您休息一会儿吧，别累着！"

父亲慢慢地停了下来，用手撩起他那件早就褪了色的褂子擦脸上的汗水，看着我，语重心长地说："爸爸没本事，让你受累了。"说完，父亲走到我跟前，拉起我的手，翻看我的手心。当慈祥的父亲看到我手掌上密密麻麻的血泡时，他的眼圈一下子红了。

那年夏天，雨水特别多，草长得非常旺盛，我每天都随着父亲去割草，把家里的几头牛养得又肥又壮，卖了不少钱。父亲想用卖牛赚的钱给我买两件新衣服，我说不要新衣服，只要书。父亲带我去城里的新华书店买了五本书，然后带我去了一家小饭馆，给我要了一碗猪肉大葱馅的水饺。父亲没有吃饺子，只是在一旁微笑着看着我。我坚决要求父亲吃饺子，可父亲就是不吃，他说："那是爸爸奖励你、犒劳你的。这个夏天，你辛苦了！"我的泪一下子流了出来，父亲把我抱在怀里，安抚我。后来，父亲拿起筷子，把饺子一个一个地喂给我吃。那是我有生以来吃过的最香的饺子，因为那饺子是用父爱做成的。

人们赞美春天的美丽，秋天的收获，可我却酷爱夏天，因为那个夏天我的收获最大。家里不仅用卖牛的钱改善了生活，我也陶醉在父亲给我买的书中，像给心灵插上翅膀，翱翔在知识的天空。

今天，我提笔写这篇回忆少儿时割草的文章，由于所割的青草是夏天大自然赠予的礼物，对当时我那贫穷的家和我这个小小读书狂来说，是一种恩赐，所以我把割草美其名曰"采夏"，作为自己对少儿生活的一种美好回忆。

大水牛的故事

每当我洗手看到左手上的那道伤疤，少时放牛的一幕幕便清晰地浮现于眼前，仿佛就在昨日。

那时，我们兄弟姐妹四人吃、穿等各方面都要花钱，单靠家中那几亩承包地显然是入不敷出了。于是，很有经商头脑的父亲决定发展养殖业来赚一些钱补贴日常开支。

父亲东拼西凑地准备了钱，乘车去安徽省一个较为偏僻贫穷的村庄买牛，因为那里物价比当地低很多。父亲共买回了三头牛，其中一头是大水牛，两头是小黄牛犊。

那两头小黄牛犊长得甚是可爱。刚到我家时，可能是长途跋涉累了，两头小牛睡了一天一宿，然而第二天起就极不听话，整天东跑西颠的，时而在院子里狂奔乱跑，时而冲出院子跑去田野里撒欢。经过几天时间，父亲终于想办法把两个小家伙给制服了。

那年暑假，母亲和哥哥姐姐经常去田间除草施肥，而我会跟随父亲去割青草喂牛。夏季里雨水多，一天雨后，父亲又要去割草，让我牵着大水牛去放。于是，父亲背着一个大筐，我拿着一根小皮鞭，牵着水牛出发了。

到了田野，勤劳的父亲忙着割青草，让我在道边牵着大水牛吃草。过了一会儿，我见父亲走远了一些，淘气的劲儿又上来了，自言自语道："大将军能骑骏马，张果老能倒骑毛驴，我怎么就不能骑一骑大水牛呢?"于是，我一跃跳上了牛背，正在全神贯注吃草的大水牛似乎懒得搭理我，依然一动不动地吃草。

我坐在牛背上放声歌唱，大水牛还是我行我素，自顾自地吃草。突然，我灵机一动，尝尝"飞牛"的感受吧。于是，我扬起小皮鞭，吆喝："驾！驾！驾!"

大水牛开始跑起来了，可能是它受惊了吧，刚跑几步就开始狂奔。我把小身子紧紧地贴在牛背上，双腿夹紧了它的肚子，没想到它跑得更快了。我吓坏了，从牛背上摔了下来，一根枯树枝无情地、深深地扎进了我左手的食指，鲜红的血液汩汩往外冒。

我顾不得疼痛，一边极速地跑着追赶水牛，一边大声地呼喊："谁能帮我制住我的大牛哇！谁能帮我制住我的大牛哇!"一位路过的老爷爷见状，从容不迫地把大水牛制住了，对还在奔跑的我喊道："孩子，别怕，大牛已经稳住了，你别跑，雨后路滑，别摔着!"

待我走近时，大水牛摇了摇尾巴，它的脸在我身上蹭来蹭去，似乎在撒娇，抑或在向我道歉吧。我抚摩着大水牛说："对不起，老伙计，我不该打你，把你吓着了，小主人在此给你赔罪了!"

我谢过老者，牵着大水牛朝家的方向一步步地走去。途中，我一直在与大水牛说一些表示歉意的话语。而大水牛呢，伸长了它的耳朵，好像听懂了似的。

美好的回忆

“池塘边的榕树上，知了在声声叫着夏天，操场边的秋千上，只有蝴蝶停在上面，黑板上老师的粉笔，还在……”每当唱着这首《童年》，我就情不自禁地回忆起童年。

襁褓里，饿了，就贪婪地吮吸着母亲的乳汁；困了，就闻着母亲的体香入眠；哭了，就在母亲那温暖的臂弯里尽情舒畅……

五岁，春天里，我忘情地和小伙伴们在麦田里放风筝，看着风筝飞向蓝天，我便有了腾飞的梦想……

六岁，该上学了，一大早，我哭着闹着不去上学。母亲跟我说“乖乖听话，好好上学，长大考上大学去北京看万里长城，去天安门看升国旗……”我背上小书包，成了爱读书的少年郎。母亲往我书包里塞了一小块点心，说是作为我乖乖去上学的奖励。放学归来，吃着母亲在灶膛烤的红薯，满屋飘香。晚上，煤油灯下，父亲坐在一旁伴着我写作业，一会儿夸我这个字写得好，那个字更漂亮。母亲坐在一旁静静地搓着麻绳。昏暗的煤油灯光，照亮着我们一家团圆的幸福时光。

七八岁，我经常淘气，动不动就闯点儿小祸。母亲拿起木棍，恶狠狠地打我，打完之后再进行说服教育。擦干眼泪，吃着外祖母给我做的美食——韭菜猪肉馅的饺子。香着呢，那饺子皮和馅儿好像是有比例的，小巧玲珑。父亲坐在一旁，笑盈盈地看着我，不时地叮嘱我“小乖乖慢点吃，别噎着!”那眼神里充满的，是浓浓的父爱。母亲端过来一小碗饺子汤，嘱咐我“小心烫”。那小碗是外祖父特意给我买的，可爱着呢，我向来都爱不释手。

童年那些事儿，无论怎么也说不完，永远留在美好的记忆里!

童年的快乐

我的童年是在一个小村庄里度过的。在那里，留下了我一些看似平凡却很浪漫的一个个小故事。

春天里，我常常陪着外祖母一起去田地间干农活。去的时候，外祖母给我准备好一个小小的桶，桶里放着一瓶白开水、一小袋饼干。外祖母干活时，我在地头捏金黄色的泥巴，捏小狗，捏小猪，还捏小猴子。捏完泥巴的小手一摸脸，仿佛变成了一只可爱的小花猫，快乐极了！

那时候，我最喜欢的花是月季。家门前有个小花坛，月季花开，格外绚丽，有红、白两种颜色。不知为何，我总是称呼月季花为“红玫瑰”“白玫瑰”，因为实在是太美丽了。我从不让外祖母用剪刀剪去那些将要枯萎的花朵，在我看来，花开花落应该顺应自然，我们索性不去管它，只管浇水，两三日后，轻轻一抖花枝，枯萎的花瓣便落满了花坛，真乃“落红不是无情物，化作春泥更护花”！一阵风刮过，院子里飘满了“玫瑰花”的香味，使人心旷神怡。

院子的西侧是我家的一个小菜园。小菜园里最引人注目的，是那一畦韭菜。早春时节，外祖母拿镰刀割上一把，再从鸡窝里摸几个鸡蛋，炒个鸡蛋抱韭菜，翡翠般的韭绿，配上土鸡蛋的金黄和雪白，明艳悦目又鲜香诱人，总馋得我口水直流。长大后，读到杜甫“夜雨剪春韭，新炊间黄粱”时，我不由得暗自思量，杜甫那盘春韭也是鸡蛋抱韭菜吗？倘若如此，香喷喷的黄米饭就着美味的鸡蛋抱韭菜，对于离乱中遭贬谪的诗人来说，是多么的贴心贴胃，又是何等的温暖哪！

到了端午时节，墙角的艾蒿已长得如同我一般高，外祖母割下几棵，插在门侧。端午节一大早，外祖母总用艾叶煮两个土鸡蛋给我当早餐，再摘几片艾叶给我缝制成香包，戴在我的脖子上。那时那地，真是一道美丽的小小的风景。我高兴得手舞足蹈，那种幸福和快乐，至今回味悠长。

童年的回忆

不知从什么时候起，我常常回忆童年。

童年是一场梦，使我快乐无比。童年是一只飞翔在蓝天中的鸟儿，无忧无虑，自由自在。童年是天空中的彩虹，涵盖着赤橙黄绿青蓝紫。

童年的回忆是五彩斑斓的，是天真无邪的，因而是难以忘怀的。虽然，我曾因淘气挨过母亲几次打，现在想来，从心眼儿里还想再挨那样的打，但已是不可能了。

小时候，没有什么玩具，然而，玩起来是那样的高兴、开心、忘我。其中，玩得最尽兴的要数“老鹰捉小鸡”的游戏了。当我扮演那威风凛凛的“老鹰”的时候，就在那个瞬间，我一下子感觉自己是那么的威武，那么的雄壮，那么的不可一世。

小时候，最擅长的就是长跑。之所以擅长，除了家族基因遗传外，更多的是为了躲避母亲的打，因为那时的我特别淘气，每每淘得出圈儿。整日劳作的母亲实在是太累了，没有耐心也没有时间对我进行说服教育，只有以狠狠的打来对我以示警告。外祖母家离我家近二十里，要拐三次弯，这一点，我从四岁时起就记得滚瓜烂熟了。每次犯了错，母亲一拿棍儿，我就赶快跑，不敢回头，更不敢停步，即使上气不接下气也不敢停下来，因为怕挨打。一个弯，两个弯，三个弯拐后，再拼命跑半个多小时，就到外祖母家了。

小时候，吃的最香的，不是逢年过节的红烧肉，而是秋天里在田野间几个要好的小伙伴一起烤的黄豆粒儿。我们按照年龄从大到小的顺序，挨到谁就拔谁家地里的黄豆烤着吃。点起一小堆篝火，大家围成一个圈，脸熏得都是灰，一股纯天然的豆香味儿扑鼻袭来，我们就开始美餐了。那种幸福，那种快乐，任何美妙的语言都难以描述。

小时候，最喜欢过年。因为过年就能穿新衣，吃红烧肉，还能有压岁钱。大年三十守岁，分压岁钱。那时候，大孩子压岁钱是两元钱，小孩子压岁钱是五角钱。那五角钱大钞拿到手，感觉自己一下子成了最富有的人，真有一种说不出的快乐感。

小时候，最开心的是摸鱼。我家五里外山间有一条小溪，逶迤曲折、顺势而下。小溪两侧清泉百出，流水潺潺，常年不息，清澈如镜，鱼游虾跃，一派生机盎然。

每当我们在放牛的空隙，或是放学的途中，总被那小溪里成群的小鱼、活泼的小虾和蛮横的小蟹驻足脚步，常常连鞋袜都来不及脱掉，便迫不及待地冲进水里，把双手慢慢地伸进水中的石洞里，或石块中，当手指抓住那鱼身时，那种紧张而又兴奋的情景便油然而生：啊，摸到了！摸到了！一条、两条、五条……那喜悦之情，真是难以言表。

也曾几何时，我和几个要好的小伙伴吆喝着去小河里摸鱼。清澈的河水，在微风中荡漾。原本自由自在安详的小鱼儿，见我们这帮淘气包到来，吓得快速飞窜。我们悄悄靠过去，飞扑上去，溅得一身水，落得两手空空。

鱼没摸到，人却累了，便躺在河边树下的草地上，闻着泥土的芳香气息，望着蓝蓝的天空，数着朵朵白云，酣然入梦。

这就是童年，既童真，又有趣，更是我回不去的青春。

年味儿

今天去超市购物，看到人们推着堆得满满的购物车购置年货，不禁想起小时候的年味儿。

我是由外祖母抚养长大的，一年也回不了几次家，就连春节也是跟外祖母一起度过。那时候，每到冬天，我每天都会喋喋不休地问外祖母还有多少天才能过腊八，疼我爱我的外祖母不厌其烦地一遍又一遍地回答我。

盼哪，盼哪，终于到了腊八，天刚蒙蒙亮，热热闹闹的谈笑声，让我从睡梦中醒来，我知道，是一些村民到外祖母家喝腊八粥来了。我立即穿好衣服和鞋，跟随外祖母一起给村民们盛粥端粥，那温馨的一幕幕，真是浓浓的年味儿。

外祖母姓王，大家闺秀，少时读过很多年书，其父是当地有名的大善人，常常接济穷人，每逢灾荒年头，天天在自家大门口支起几口大锅给村民们熬粥吃。因此，外祖母从很小的时候起，就知道长大后要行善，帮助那些需要帮助的人。

待我再长大了一些后，我问外祖母："现在村里人都不穷了，您为什么还要给村民们熬腊八粥吃？"外祖母说："这叫过年！大家共聚一堂，才有年味儿!”

小时候，扫尘的日子也是有讲究的，腊月十八那天，家家扫尘。当时的人们说，要想发（财），扫十八。把扫帚柄子绑上一根长长的竹竿，扫尘人不戴口罩，只是在头上系一件旧褂子，就扫尘了，唰唰唰……唰唰唰……半天工夫，把房顶及四壁扫得一干二净。

小时候，过年难忘的，还有分压岁钱的事情。大孩子一般是每人两元钱，小孩子一般每人五角钱。那时，我第一年过年分得的五角钱压岁钱，到第二年过年再分压岁钱时，还分文未动呢。待再次领完五角钱压岁钱时，我就拿两张五角钱跟大人换一张一元钱的大钞，那时感觉自己很富有，满满的知足感与幸福。

小时候，大年初一一大早，外祖父当家子的侄子们挨个儿给外祖母叩头。那时的叩头是真的叩头，大拜。叩完头后，外祖母笑盈盈地把他们扶起来，然后给他们准备饭菜，吃的是大米饭，四菜一汤：白菜炖豆腐、猪肉炖粉条、红烧鱼、炒鸡蛋、疙瘩汤。这于今看起来非常普通的四菜一汤，在那时那地，是舌尖上的美味。

大年初一早饭后，我背着缝有两个小布袋的挎包，外祖母领着我的小手，挨家挨户给村中的长辈叩头，每到一户，也是跪倒在地大拜叩头。长辈们这家给把瓜子，那家给把花生，也有给把江米条的。我把瓜子和花生放在一个布袋里，江米条单放在一个布袋里。回家后，把瓜子花生倒在一个簸箕里，拿来大漏勺，三下五除二，便把瓜子花生分开单放着。外祖母说，叩头来的所有东西都留着给别的来家叩头的孩子们，人家给咱一小把东西，咱要给人一大把，这是礼数。我似懂非懂地点点头。

小时候，过年不为吃穿，就是想寻找年味儿！那时，每年过年都很开心，然而，最开心的，是六岁那年回家过年。大年初一早饭后，姐姐拉着我的左手，哥哥拉着我的右手，我们仨一起去给村中长辈叩头。因我小时候长得甚是可爱，再加之嘴巴甜，会说话，长辈们真是怎么也亲不够，怎么也爱不够，那种温馨的画面，现在回忆起来，仍然除了幸福还是幸福，那才是真正的年味儿！

于今，三十多年过去了，最难忘的，还是儿时那浓浓的年味儿！

淘气的收获

小时候，我是一个古灵精怪的淘气包。因为淘气，没少挨母亲的责罚。母亲气得曾不止一次吓唬我说：“我一天打你三次，看你还敢不敢再淘气!”责罚归责罚，淘气那是经常的事儿。

那时候，村里人都叫我“小淘气鬼”。我很陶醉于人们对我的这个称呼，就当是他们对我的喜欢和夸奖吧。

时不时地像猴一样爬上大树，当属淘气之最了。夏天，烈日当空，我爬到树上，站在高高的树杈上，别有一番高傲在心头，村庄、田野……一览无余。后来读了杜甫的《望岳》“会当凌绝顶，一览众山小”。不由得回忆起那种站得高看得远的奥妙与喜悦。也常常在一场夏雨后爬到树上，两手使劲一摇树杈，“哗哗哗……”雨水落下来，那真是一个凉爽，浑身爽透。后来因一次爬树不小心摔了个休克，被父亲狠狠地打了一顿，那次打得实在是太狠了，真是吓得魂飞魄散，再也不敢爬树了，至今也不敢。

“倒挂金钟”，当属淘气之二了。两手支撑在地面，头朝下，脚朝上，在地上不停地移动，就是“倒挂金钟”了。这项运动练习不到一个月就熟能生巧了，用两只手“行走”的速度基本上不比脚行走得慢，开心至极。后来不知被哪个调皮鬼向母亲告了密，我被母亲打了一顿，打得比之前从树上掉下来摔休克被父亲打的那一次似乎还要重一些。小孩子嘛，胆子毕竟还是小的，有几个不怕被往狠里打呢?!

“金鸡独立”，算是小孩子经常玩的游戏了。“预备，开始，1、2、3、4、5、6……”谁坚持的数最大，谁就赢了。那时候，这个游戏我总是稳拿第一。妈说：“这个比较安全一些，可以玩。”因此，一直在玩这个游戏，玩得越来越好。现在，我虽然早已过了不惑之年，仍每天晚上锻炼身体时都适当地自我进行“金鸡独立”，收获不小。

可怜天下父母心！虽然因为爬树和“倒挂金钟”挨了不少打，但我毫无怨言，因为，父母是担心我过度淘气安全上出问题，希望我永远平平安安，打我是为了我好，实则是疼之于我的肉体而痛之于爸妈的心灵。

昨天晚上，我不慎摔伤，左脚不能着地，只能靠右脚站立、行走。我不由得回忆起儿时常常“金鸡独立”的一幕幕一桩桩，百感交集。不承想，儿时看似淘气的行为，如今派上用场了，这或许就是淘气的收获吧。

思索之余，一首小诗随即吟来：

足忍深宵痛，心期明早安。

童顽忽忆起，啼笑解忧烦。

爱的牵挂

读小学时，我背着书包去学校，母亲总是唠叨我："路上多小心，不要逗留玩耍，不要和陌生人说话，在学校好好听老师的话……"

读大学时，"钱带好了吗？路上注意安全，生活不要节省……"每次离家去学校前，母亲总是这么唠叨，我急急忙忙跑出家门，生怕再多听到一句唠叨的话。可走着走着，回头一看，母亲依然站在家门口望着我，我的心顿时一下子酸楚了……

曾经，不懂事的我，连做梦都想摆脱母亲的唠叨，总觉得自己已经长大，不用母亲再操心了，却不知，在母亲眼里，我永远都是孩子。儿是娘亲的心头肉，她怎么能时刻不把我牵挂?!

或许，如今，我总是很喜欢听母亲的唠叨。母亲的那些唠叨，使我感受到了她对我最深切、最真挚的爱。天热了，母亲唠叨我："少吃冰棍儿!"因为，她怕我贪凉得病。天冷了，母亲唠叨我："出门多穿衣服!"因为，她怕我着凉感冒。

我处于低谷时，母亲唠叨我："向前看，一定能挺过去!"因为，她怕我灰心气馁。我成功时，母亲唠叨我："要继续努力!"因为，她怕我骄傲退步。

从小到大，母亲的唠叨一直陪伴着我。离开家后，很少听到母亲的唠叨，心中总觉得空落落的。

在外，最想念的，是母亲那饱含着爱、饱含着牵挂的唠叨！

有人说，母爱是甘泉，甘甜清香。也有人说，母爱是大海，深蓝宽广。还有人说，母爱是百合，沁香温馨。而我却要说，母爱是无尽的唠叨，给人以深刻的启迪。

母亲的唠叨，是对儿深深的爱。那爱，如同雪山上绽放的雪莲花一样纯洁。那爱，如同山谷中流过的小溪一样澄清。

从小到大，母亲的唠叨一直伴随着我成长，使我在成长的道路上不再孤单，不再彷徨。

如今，最不想丢下的，是母亲的唠叨。最怕失去的，也是母亲的唠叨。因为，母亲的每一句唠叨，都饱含着一丝丝牵挂。母亲的每一句唠叨，都是一声声亲情的呼唤。

有个爱唠叨的母亲，真好！

去长城看看

四十五年前的深秋，我成了母亲的女儿，虽然是一个平凡而普通的生命，而母亲却说是她的希望和寄托。

从我记事起，父亲就身体不太好，因此家庭生活的重担，就全部压在了母亲一个人的肩上。她一天到晚总是不停忙碌着，不仅要干十几亩田地里的庄稼活，还要操持繁重的家务。早晨起来给孩子们做完早饭，常常连头发都来不及梳就急匆匆下地去干活了。多少个夜晚，当我从甜美的梦中醒来时，看见母亲仍然在昏暗的煤油灯下做针线活。

最难忘的是我去天津上大学第一次离家时的情景：母亲给我装了满满的两个小布袋—— 一袋炒馒头片、一袋煮鸡蛋。一向严厉的母亲，那天尽是伟大母亲的温柔。她牵着我的手依依不舍地送我去村口。到了村口，母亲用她那瘦如干树枝一般粗糙的双手摸了摸我的面颊，然后用忧郁的目光把我上下打量了一番，说：“去吧，孩子，好好念书，大学毕业后带妈去北京长城看看。”就这样，我忍着泪水离开了母亲，踏上求学之路。

母亲虽没读过几年书，但她深知农民的孩子只有上学和走出去才是唯一的出路，她下定决心要把孩子培养成才。

艰苦的生活锻造了母亲刚毅、无畏的性格，她用柔弱的肩挑起儿女成长的重担，用伟大的母爱为儿女撑起一片蔚蓝的天。

童年的往事随着岁月的流逝依稀而淡泊，经常清晰浮现在脑海里的，便是那一家人聚在一盏小煤油灯下贫穷而温馨的一幕。

三间破旧的堂屋 ，正中间那屋有一张破旧的饭桌（饭后又是孩子们的书桌）上面放着一盏小煤油灯，灯光并不明亮，好在后来父亲给灯做了一个木头底座，也算是灯高下亮吧。晚饭后，煤油灯下，父亲搓麻绳，母亲纳鞋底、做鞋……

记得小时候，我有一天早起大声朗诵《长城》：“远看长城，它像一条长龙，在崇山峻岭之间蜿蜒盘旋……”母亲静静地听着，很专注。

后来家里买了电视，母亲从电视上看到了万里长城，她万分感慨地说：“万里长城多壮观啊，中国人从古代起就了不起！”

我爱唱歌，母亲也爱听我唱歌。她最爱听我唱电视剧《霍元甲》主题曲《万里长城永不倒》：“……万里长城永不倒，千里黄河水滔滔……”母亲说，每次听我唱这首歌，她就浑身都是力量。

大学毕业后我留在外地工作，且多经坎坷，命运多舛。母亲深知我的不易，对我没有任何要求，唯盼我身体健康，工作顺利。但母亲要去北京看长城的愿望，我一直深深地记在心里，也曾多次跟母亲提及带她去看长城，而母亲却说，等孩子（指的是我女儿）大学毕业再说吧。

千言万语，道不尽对母亲的爱；崇山峻岭，挡不住对母亲的情！气势磅礴的万里长城是伟大的中华民族精神的象征，母亲思它、念它、爱它、梦它、仰慕它几十年，我一定要带母亲去看看。

敬爱的母亲，疫情过后，女儿一定带您去看万里长城。到时如果您走得动，女儿就搀扶着您走上去。如果您走不动，女儿就背着您走上去，让您一睹万里长城的雄伟壮观。

想听母亲的唠叨

明天是母亲的生日，我由于客观原因不能亲自去给她老人家过生日，实在抱歉。

跟长姐联系，得知她昨天就已经到母亲身边，我深感愧疚。

“妈就在跟前儿，你跟妈说说话吧 。”长姐说。“好哇！好久没听见妈唠叨了，赶快听听吧。”我调皮地说道。

“闺女，你最近身体怎么样？”我还没有来得及问候母亲，电话那端便传来母亲关切的话语……

“我挺好的，妈，您放心吧。您身体怎么样？”我问。“你妈好着呢，能吃能喝，啥毛病都没有……”电话那端，母亲说自己一切都好。我的眼眶顿时湿润了……

母亲 75 岁的人了，一辈子受累，怎么可能一点儿毛病都没有呢？我知道，她这是在宽慰我，让我放心。

其实，母亲对乡亲们也非常慈善。在那艰难困苦的岁月里，母亲常常力所能及去帮助比自己还困难的人。为了接济别人，她常常连续两三天连一口粥都吃不上。

母亲对别家的孩子总是那么慈眉善目 ，和蔼可亲，唯独对自己的孩子真是严厉至极，我们兄弟姐妹只要犯错，轻则挨几巴掌，重则棍棒抽打。对于育儿，母亲一直奉行的是“棍棒出孝子，娇养不孝儿!”

小时候，我们兄弟姐妹四人都没少挨母亲的打。我哥哥挨打最多，因为他特别淘气。我挨打比哥哥少一些，一方面因为我长期随外祖母生活，很少回家；另一方面，每当我发现快要挨打了，就赶快跑，拼命地跑，母亲跑累了追不上我，一顿打就逃掉了。

小时候，对于母亲的打，我曾在心里怨过，甚至恨过，因为母亲的打，实在是太狠了，每次挨打，没有十天半月，根本缓不过来。

村里不少人也曾劝过母亲，让母亲对孩子不要那么严厉，免得孩子记仇长大不孝顺。而母亲却说：“他们长大孝不孝顺我都无所谓，我必须让他们把路走正了。”

长大后，母亲说，孩子就如同小树苗，出了枝杈就要修剪，才能长成参天大树。慢慢地，我越来越理解母亲的良苦用心。

记得有一次，哥哥犯了错被母亲批评了几句，生气不吃饭了。母亲拿起棍子就打，父亲前去阻止。父亲说：“孩子犯错你都批评他了，他也没顶嘴，你打他干啥?”而母亲却说：“不吃饭就是错!现在他是男孩子，长大了就是男子汉大丈夫，到时娶妻生子了，要是跟媳妇生点儿气就犯小心眼儿不吃饭，这夫妻能和和睦睦吗?”听了母亲的一番话，父亲不再言语了。

发现母亲爱唠叨，是在我工作之后，每次见面，或者打电话，母亲的唠叨真是没完没了，千叮咛万嘱咐。疲劳过度的我，每次听得感觉脑袋快要爆炸，身体快要虚脱。

我做母亲后，慢慢能理解母亲的唠叨，继而也能接受。这或许就是人们常说的“养儿方知父母恩”吧。

母亲对于我，真是万分的牵挂。她怕我冻着，叮嘱我天冷要穿暖；她怕我饿着，叮嘱我要按时吃饭……这种种唠叨，皆是母亲浓浓的爱与牵挂……

如今，我特想听母亲的唠叨，越听越爱听。小诗一首以述眷念之情：

地厚天高是母恩，古来莫过此情深。
泪离眷爱思千里，难舍拳拳一寸心。

煤油灯下的幸福

小时候，父亲身体不好，干不了活儿，所以哥哥姐姐和我不得不帮着妈干活儿。放学后，没空学习，要干活儿，天黑前在田地里干农活儿，天黑后回家干家务活儿。那时最幸福的时刻，是夜晚在煤油灯下学习。

我家的那盏煤油灯，灯罩用了多久，恐怕只有勤俭持家的妈一个人记得了。因烟熏火燎再加之天长日久，那灯罩黑黄黑黄的，每次用时，爸都会细心、认真地反复擦一擦。

每天晚上，我最高兴的事情，就是看着爸点煤油灯，因为灯一亮，我就可以学习了。

煤油灯下，爸坐在我的左边，静静地看着我学习，时不时地夸我这个字写得好看，那个字写得漂亮，一种做父亲的骄傲与自豪体现得淋漓尽致。劳累了一天的妈坐在我的右边，默默地做着针线活儿。

后来家里条件好了些，通了电灯，但懂事儿的我还是坚持用家中那盏煤油灯学习，因为可以省下电费钱。有一天晚上，到了该学习的时间了，还不见爸点煤油灯。我拿起灯罩玩了起来，用手指在灯罩上画画，画了一只顽皮可爱的小猫，正兴高采烈地捕捉一只蝴蝶。爸见了，和蔼地笑了。

多少个夜晚，煤油灯闪闪发亮，照亮着我们这个家徒四壁的家，照射着爸那慈祥的笑脸和极度瘦弱的身躯，伴随着妈做针线活儿，陪伴着我学习功课。煤油灯成了我们家忠实的服务员，默默地奉献着它的青春和年华。煤油灯是我们一家人幸福、劳作、学习的见证者，它也分享着我们一家人的幸福和欢乐。

于今，三十多年过去了，那盏煤油灯依然被妈像保护古董一样保管着，哥哥姐姐和我曾多次劝妈把那盏煤油灯扔掉，然而妈却坚决不同意。妈说，煤油灯不仅是贫穷的印证，更是幸福的回忆。

第一顿美餐

小时候，由于我父亲身体不好，原本不富裕的家中简直一贫如洗，作为这个家的孩子，吃什么穿什么就可想而知了。

穷人的孩子早当家。我五岁时，就风里来雨里去，跟着外祖母去街头卖菜，夏顶烈日，冬裹寒冰，受尽了同龄孩子所没有受过的苦，小胳膊小腿瘦得如同干树枝一般。

过度的劳累，再加之营养不良，导致我最终病倒了。母亲带我去医院看病，遵照医嘱，需要抽血检查病因。因为当时太小，我对抽血非常害怕，就哭着闹着要妈带我回家，说不治病了。看着哭闹的我，平时严厉的母亲却温柔起来，对我说：“乖宝不哭，听话，抽完血妈妈给你买豆浆油条!”“豆浆油条是什么好吃的东西呀?”我停止了哭闹，娇声地问妈。“妈也没有吃过，只是见过街上有卖的，有一些人吃。”母亲言毕，沉默了。

眼一闭，牙一咬，这三十斤重的皮包骨由它去。抽完血后，母亲牵着我的小手，带我去一家早点铺，小心翼翼地拿出那空瘪瘪的钱袋，跟店家说：“我买一碗豆浆和两根油条。”

又饿又馋的我，坐在桌旁等待着自己的美食。不一会儿，店家给我端来了好像白面粥的东西，还有两根条形状油炸的东西，外形很像江米条，但比江米条又长又粗。母亲拿起筷子，夹起其中的一根条形油炸物，说："这是油条，来，妈喂你。"我张开嘴，咬了一口，真好吃。母亲又拿起一个勺子，舀了半勺粥样物，轻轻地吹一吹，用嘴唇试一下温度，说："这是豆浆，来，妈喂一喂乖宝。"

那是我平生第一次看到豆浆油条，也是我平生第一次喝豆浆吃油条。在那艰难岁月里，对于当时那个贫困的家境来说，那是舌尖上的美味。那时，我是家里唯一喝过豆浆吃过油条的人，父母见过豆浆油条，哥哥姐姐也见过豆浆油条，但因为当时家里穷，他们从来没有喝过吃过。

今天早晨去餐厅吃饭，吃的是豆浆油条，不禁又忆起儿时第一次喝豆浆吃油条，遂吟诗一首：

问医抽血确疾根，果子豆浆充弱身。
每忆当年那美味，顿牵儿时一童心。

中秋夜

不知不觉间，又到中秋佳节了。

只身在香河求生，举目无亲，再加之前不久大病了一场，积蓄的绝大部分已经用于医疗开支。为了节省回家的路费，再加之大病初愈需要休息康复身体，所以决定留在香河过中秋节。

这是我自长大以来，第一个中秋夜没有和家人团聚，心中五味杂陈。

傍晚时分，不知谁家厨房诱人的香味扑鼻而来，活生生地把我的馋虫勾出来了，瞬间，口水差点儿流得满地……

实在是抵御不了别人家中秋节佳肴的美味了，于是，我打电话联系一文友，托她帮忙借了一艘小船，我要将船泊在潮白河上过中秋夜。

淑阳城里，节日的氛围浓厚，灯火阑珊处，欢声笑语不断，祈福驱灾的鞭炮声响了一夜，热闹非凡，不绝于耳。而我泊船的郊外，一把手电筒照射发出的微暗的光，更加衬托了四野苍凉。四周真是一片寂静，就连发出的呼吸声都听得那么清晰。平时热闹繁忙的潮白河上，在远处城郭的灯火与天边凄冷的孤星烘托下，“独在异乡为异客”的寂寞不断袭来。河面上的风凉凉的，吹得我默默垂泪，情不自禁又苦苦地思念着远方的亲人。

有人说，乡情是一捧乳白的月光，而我却要说，乡情是一杯尘封的老酒。有人说，月圆是游子他乡的感叹，而我却要说，月圆是滴泪成殇的情怀。

“举杯邀明月，对影成三人。”我倒上一杯老酒，在寂静的潮白河上，举杯邀明月，中秋的这轮明月再次轻抚着我思念的琴弦，寥落的寒星勾起我难忘的点点滴滴……

想起慈眉善目的父亲，他一生勤劳，却早已去了天堂；想起辛勤劳碌的母亲，她一生节俭，现已两鬓银霜；想起疼我爱我的姐姐，她是否站在家门口将我盼望？想起家乡那清澈的小河，河水在心头汩汩流淌……

中秋夜的明月哟，你能否载我思念的小舟，忘情地把船桨划向我的故乡？！

美丽的潮白河哟，你能否托举我的灵感，把一个游子对故乡的吟唱，安放到那一轮圆圆的月亮上？给这多情的月，增一点儿亮光。

令我魂牵梦萦的故乡哟，你林立的高楼大厦，是否已能接吻月亮？祖国的繁荣昌盛，是否已融汇了你的古色古香？

啊——故乡，我无时无刻不在思念着你呀！我把两束泪光射向你，苦苦地思量着你的模样。我为你释放圆圆的遐想，我为你送上圆圆的祝愿，我因你书写圆圆的诗章……

月　季

我家小园种了几株月季花，每每欣赏，别有一番风味。

美丽的花瓣冲破绿色的花蒂，从含苞的花蕊中伸出，绽放出夺人眼目的花朵。鲜如血色，红比杜鹃，艳如丹霞，烈如火墙。开朗活泼，热情奔放。妈非常喜欢月季花，她跟我说：“月季花象征着幸福、希望、光荣！”

月季花默默地散着芬芳，静静地迎着朝阳，将所有的心事和念想都化作微笑，随风飘向远方。

秋去冬来，我又见月季花开。美哉，姹紫嫣红！壮哉，希望所在！寒冷中，月季花丝毫都不言败，依然婀娜多姿、激情澎湃，任性展现出刚毅、坦率。一副强者的风范，紫气东来，释放的是大爱。它坚守住真善美，还有那无畏的伟大气魄、胸怀。

记得苏东坡有一首赞美月季花的诗：“花落花开无间断，春来春去不相关。牡丹最贵唯春晚，芍药虽繁只夏初。唯有此花开不厌，一年长占四时春。”月季花，开在芳菲未尽的四月，却湿润了春的料峭，苍翠了夏的枯槁，叠翠流金了秋的萧疏，繁盛了冬的萧条，因此被人们称为“花中皇后”。

作为爱月季之人，一年四季，我都喜欢欣赏月季花。

我尤其爱在春天欣赏小园的月季花。那时，月季花正贪婪地吮吸着春天的甘露，享受着阳光的沐浴，花瓣中间金黄色花蕊的顶端沾着花粉，散发着浓郁的芳香，招来了一群群蝴蝶在花丛中嬉戏，引来了一只只蜜蜂在花丛中辛勤地采蜜，“嗡嗡嗡”地叫着，似乎在感谢种花的人儿。当你劳累了一天，疲惫不堪时，闻一闻月季花香，那沁人心脾的芬芳定会让你顿感舒爽。忽然，一阵微风拂过，月季花在风中摇曳，宛如一个个妙龄少女在翩翩起舞。

我最爱在夏天欣赏月季花。夏天到了，百花齐放，只有月季花最引人注目。看！那五颜六色的月季花，好像花仙子在花丛中轻歌曼舞，引来了蝴蝶伴舞，诱来了百灵鸟歌唱，招来了蜜蜂采蜜。从远处看，月季花像阳光中的一团熊熊烈火，又像鲜艳绚丽的晚霞，五彩缤纷，为大地增添了美轮美奂的画卷。从近处看，一簇簇美丽而娇嫩的花瓣，紧紧相连，那花瓣中星星点点的黄色花蕊在风中抖动，散发出阵阵的清香，让人顿时心旷神怡，陶醉不已。

在烈日炎炎的盛夏，月季花一朵接一朵，从未开尽，诠释着夏的气质、夏的性格，用全部的馥郁之芳香，奏起一曲曲夏日的欢歌，点燃起人们亢奋的激情，还有那奋发向上的力量。

春是故乡绿

不知怎么回事儿，也或许是年岁大了一些的缘故，近年来，我越来越思念故乡，更常常思念故乡的绿。

在外奔波劳碌，有失落与伤感，也有成功和喜悦。叹息，惆怅，远离故乡的日子里，虽然有不少收获与成长，也遇到了知己，但每当春季来临，夜夜入梦的，便是故乡的绿。

故乡的绿，一直深深地印在我的脑海中。故乡的绿啊，是那么的美丽，美得像佳人秀色可餐！故乡的绿啊，是那么的暖心，暖得像母亲温暖的怀抱！故乡的绿啊，是那么的纯净，纯得像无瑕的翡翠！

小时候，我和小伙伴们奔跑在碧绿的麦田里，自由、天真、无拘无束，几个小伙伴在一起，你追我赶。正在返青的麦苗毛茸茸、绿茵茵的，微风吹来，一摇一摆的，好像在向我们点头微笑呢。

春天到了，故乡那碧绿的田野，生机勃勃，实在迷人。

河边的垂柳在风里绿了枝条，柔了腰身。“轰隆隆！”春雷过后，沉睡中的小草被惊醒了，齐刷刷地探出了娇嫩的小脑袋，调皮地伸了个懒腰，像在给大地披上了一层薄薄的绿纱。

春雨过后，勤劳的人们在田野里撒播下希望的种子，憧憬着丰收的喜悦……

春暖花开，我家的菜园里清香袭人。青菜青翠欲滴，像士兵在威武站岗；小白菜水灵灵的，像少女在抖着翠绿的衣裙……最令我神往的，是那一行行墨绿的韭菜，我催促着妈赶快割几把包饺子。

记得母亲曾说："春是故乡绿。"小时候，绿是家乡的颜色。长大后，绿是家乡的味道。离开故乡后，绿是对家乡的思念……

我爱我的故乡，更爱故乡那醉人的绿！

映日荷花别样娇

万亩荷塘位于香河县东南部刘宋镇庆功台村，是香河雅典景观之一。荷花盛开时，风景绮丽，香气袭人，令人心旷神怡。

阳春三月，我邀朋友第一次去观赏这万亩荷塘春色。来到塘边，举目视之，荷花一望无际，高的亭亭玉立，像把大伞映绿蓝天，矮的浮于水面，小黄花点缀其中。往上看，朱华万朵，蕾苞高擎，蜂蝶在花丛中飞舞。看，几只蜻蜓落在荷尖上，引得玉翠般的荷秆轻摇。俯瞰这全新的大千盛境，令人心驰神往。

走上凉亭，万亩荷塘尽收眼底。那时青莲刚刚被春雷唤醒，轻推众姐妹，沐浴更衣，长身出碧水，娇体现光辉，头露尖尖角，蜂落玉树摇。荷塘碧水，鱼儿戏游，拂堤围绿水，柳枝映倒清波日月蓝天上，快乐的鸟儿不时调皮地掠过水面，真乃“满园春色关不住”。

如此诗情画意与散发着泥土清新芳香的气息完美结合，这简直不是风景，而是艺术。

七月荷花盛开，我第二次邀朋友观光。还没到万亩荷塘，阵阵清风从车窗挤进来，股股清香在车内荡漾，沁人心脾，我贪婪地吸了几口，回味悠长。

下了车，引路蜂蝶献舞姿，举目望去，塘中花红叶绿，四面岸柳如烟，蓝天碧水一色。好奇的青蛙在翠盘上跳来跳去，叫声悦耳，那一声声一阵阵，恰似一首首赏花诗。

在这如诗如画的意境中，荷花散发的香气美得醉人，我不禁大声朗诵朱自清先生的《荷塘月色》："曲曲折折的荷塘上面，弥望的是田田的叶子。叶子出水很高，像亭亭的舞女的裙……微风过处，送来缕缕清香，仿佛远处高楼上渺茫的歌声似的。"

朗诵过后，我不由诗兴大发：

一

摇曳香飘碧玉塘，婀娜款款竞芬芳。
蛙鸣鹳舞风来问，可否粘贴送远方？

二

绝尘一路水田游，绿意红思染醉眸。
亭榭曲栏诱客旅，芙蕖暗点气香柔。

三

婷婷绿叶舞翩跹，风动仙姿醉九天。
为表恭迎情炽热，珍珠散向客游衫。

诗兴未尽，天空下起雨来，雨大而急，众游客遂速至凉亭避雨，而我却打开随身携带的伞，漫步在荷的世界里，如痴如醉。真乃天公作美，雨中的芙蕖无暇装扮，分外秀丽，轻摇曼姿，更多了几分娇羞。潮湿的空气夹杂着淡雅的荷香，一阵微风吹过，带着一丝丝馨香的凉意，缓缓沁入心扉，顿感舒畅空灵，我情不自禁又吟诗一首：

甘霖伞外频敲句，点透灵思吟咏心。
我欲捧来和月饮，清凉浑似桂香醇。

大约半小时后，雨停了，天晴了，芙蕖在雨洗的阳光下更加令人陶醉。

万亩荷塘，奇境喧阗，百姓乐道，盛况空前。真乃“不是江南，尤胜江南”。

啊，美丽的万亩荷塘哟，你蕴藏着丰富的宝藏，你那又长又美的画卷哟，是我心中的仙境！我爱大美香河！

童　趣

童年是欢声笑语，快乐无比；童年是美好幸福，装载着永远的友谊。

最馋涎欲滴的，是童年时的那一片葡萄地。放眼望去，绿色的葡萄架，整整齐齐，一排接着一排，像时刻准备着接受我和小伙伴们的检阅，给我们敬礼。我们迫不及待地走近前去，那水汪汪的大葡萄，羞答答地躲在叶底。有的，像晶莹剔透的翡翠；有的，像倒挂的紫色宝塔。惹人喜爱至极，馋得我们口水流了满地。

童年玩得最开心的，还是老鹰捉小鸡的游戏。狡猾的“大老鹰”，故意绕圈子。“鸡妈妈”张开双臂，保护自己的“孩子”，累得呼哧呼哧直喘粗气，一不留神，摔倒在地，哀求的目光里装满了“别捉我，求求你!”老鹰喝斥：“俺大老鹰一身正气，从没有留下乘人之危、落井下石的坏名气!”“鸡妈妈”爬了起来，继续进行的，还是游戏。可最终敌不过大老鹰凶猛的威力，小鸡成了美食，老鹰拍拍撑饱的肚子，吹开了牛皮“在这个世界上，俺老鹰怕过谁？嘿嘿！嘿嘿!”

童年是一幅画，画里画着我们五彩缤纷的世界；童年是一首歌，歌里唱着我们的欢声笑语；童年是一首诗，诗里写着我们许许多多的趣事。

童年趣事像沙滩上的贝壳，不论你随手捡起哪个，总会体现出里面的“趣”。

逮 鱼

我的家乡山清水秀，河溪众多。我们大多数农村孩子，摸鱼抓虾、湖采莲蓬、野河游泳等技能，是再熟悉不过的了。

俗话说，“有云就有雨，有雨就有水，有水就有鱼。”我的家乡因雨较多，水系自然发达，河里、溪里，鱼儿成群，就连田间沟渠，也到处都有鱼。

那年六月麦收之后，很多天没有下雨，再加之天气炎热，田地干得裂了缝。于是，家家户户灌溉水田栽种水稻，导致河里的水急剧减少，几乎出现了“干河”现象。闲来无事的孩子们暗暗窃喜，因为又可以下河摸鱼了。

我们几个平时经常一起放牛的小伙伴相约一起去逮鱼。午饭后，我们背上鱼篓，牵着牛，向野外走去。

在河边给牛们找好一块茂密的草地后，我们便下河逮鱼了。

女孩儿们穿着背心和短裤，男孩儿们干脆光着膀子，还有两个五六岁的男孩子，索性光着屁股。大家在泥水里一边说笑，一边凭借手感在泥水里兴奋地搜索摸寻。“啊，摸到了！摸到了！”当手指抓住那鱼身时，那种紧张而又兴奋的情景便油然而生。一条、两条……五条……那喜悦之情溢于言表。

摸了一下午，大家都收获不小。我的鱼篓更是丰富，有鲇鱼、白鲢，最多的是鲫鱼，还有两条黄鳝。

天色越来越晚，我们这几个小泥猴儿，背着鱼篓，牵着牛，向村里赶去。

晚上，母亲发挥了她独特的加工妙手，柴锅熬鱼贴饽饽。俗话说，紧锅鱼慢锅肉。一会儿工夫，香喷喷的味道，就一个劲儿地往鼻子里钻。油灯下，我们一家人围坐在一起，美美地过了一把吃瘾。现在回味，仍齿有余香。我也因此而有一种难以言表的收获感。

晚　餐

早吃饱，午吃好，晚吃少，现在成了健康健身的座右铭。我想，这是富人的饮食规律。可我小的时候，这个规律是不算数的。父母很忙，每天去生产队上班，早晨要到自家的自留地劳作，没有时间踏踏实实地吃顿饭。早晨从自留地归来，急匆匆地扒拉一口饭，马上等待生产队长派活儿。中午，虽然丰盛一点，却没有时间细嚼慢咽，吃的都是菜泡饭。只有到了晚上，虽然劳累，全家一起可以好好地来顿聚餐。作为孩子，把晚饭当成了“神圣的晚餐”。

这是后来我回忆的感觉。晚餐这是当年一种奢侈，一种温暖，也是一种期待。也只有这顿晚餐，让我感受到家庭的温暖，感到团圆的欢乐，感受到人生的幸福。

我小时候特别淘气，特爱到河里去捞鱼摸虾。四岁那年夏天，我不慎掉进一条比较大的河中，河底的粗沙随同河水一起通过我的鼻孔与小嘴巴流进我的体内，主要进入我的大肠，虽因及时得到救助保住了生命，但因此落下了病根儿。

落水大约三天后，我就不再排泄大便，而是天天通过小小的肛门排泄两三块血块，时间持续达三个多月之久，而且每次排泄此物时，我都声嘶力竭地叫喊，疼痛难忍。记得从那之后，无论什么时候晚上我都不能进食，否则夜间将因大肠堵塞疼得睡不着觉。

其实我自幼就是一个特别坚强的孩子，由于生在农村、长在农村，家里有好几亩承包地需要耕种、收割，当然平时还得进行田间管理，例如打农药、除草、施肥，干旱时灌溉，水涝时排水等。那时候，体弱又淘气的我经常生病住院，白天大人们在田地里干农活儿，我独自一个人在医院打针、吃药、输液。年幼的我早已对这一切容忍与接受，然而唯一难以容忍的是晚上不能吃饭。那时候家中生活贫困，只有在逢年过节或者家中来亲戚时才能吃上一些荤腥，平时一日三餐就是粗茶淡饭，晚饭就更简单了，喝玉米面熬的粥，就着两掺（玉米面和麦子面混合在一起）的馒头和咸菜，在当时大多数孩子看来食之无味的食物，对于我来说却是朝思暮想的舌尖上的美味，因为我是多么想吃晚饭哪。

记得我上小学四年级的那年暑假，有一天，我大舅到我们家，我母亲做了贴饽饽熬鱼款待他。由于是晚上，我的身体状况根本就不允许我晚间进食，虽然馋得要命，最终还是自己战胜了自己，强硬着把馋瘾给压制下去了，心中很不是滋味儿。我带着一丝丝遗憾，早早上床睡觉去了。那天夜里，我做了一个甜蜜的梦，梦见自己正在吃香喷喷的炖鲫鱼，梦醒后泪流满面，小小的枕头完全湿透了，也不知是伤心的泪水还是馋极了流的口水……

我想吃晚饭，我不苛求吃上什么像样的美食，哪怕是一小碗稀稀的玉米面粥，哪怕是一小块两掺的馒头和一小碟咸菜，哪怕是一碗清汤寡水的面条……我都想吃。可是我因身体原因却不能吃晚饭。我痛苦过、悲伤过，甚至绝望过，但为了自己夜晚能不受折磨安安稳稳睡个好觉，晚饭只能放弃，这也算作是有得必有失吧。

感谢父母的照顾，也感谢老天爷的眷顾，我的病经过少多年的岁月磨合，终于得以基本康复。我终于在晚间可以进食了，虽然不能吃多，也不能吃油腻难以消化的食物，但最起码可以喝点粥，吃一小碗热气腾腾、香喷喷的面汤，我是多么的欣喜若狂呀！

晚上能吃饭，真好！

我们仨

每当清晨吃着煮鸡蛋充饥，每当炎夏吃着冰激凌解暑，我都会情不自禁地想起我的哥哥姐姐，那疼我爱我的好兄长、好姐姐！

我幼时家中极其贫困，真的可以说是一贫如洗。在那艰难困苦的岁月里，我跟随外祖母一起生活，因为很少回家，每年很难与我哥哥姐姐见上几面。偶尔回家，都是我实在想家了，外祖母才带我回去看看。

在我记忆中，哥哥、姐姐都老实本分，常去田地里帮大人干农活儿，在家也是洗衣、做饭样样在行。我每次回家，哪怕家里有一口好吃的，哥哥、姐姐都舍不得吃，让我一个人独自享用，他们在一旁高兴地看着我吃。

记得有一次，同村一位亲戚听说我回家了，给我家中送来七八个鸡蛋，说我太瘦弱，让母亲给我煮着吃补一补。一向勤俭节约的母亲煮了三个鸡蛋，给了我两个，把剩下的那一个在桌上敲了敲，用刀从中间一分为二，让哥哥、姐姐每人各吃半个。我看着哥哥、姐姐吃完半个鸡蛋后，把鸡蛋皮也吃了。当时我虽年幼，但心里很不是滋味儿，赶快给哥哥、姐姐递过去一个鸡蛋，让他们一起吃，他们没说什么话。哥哥把鸡蛋剥好给我，看着我吃完后，他俩才默默地把鸡蛋皮吃了个精光，我的鼻子酸酸的……

还记得炎热夏季的一个上午，想家心切的我哭着闹着让外祖母带我回家，到家已经中午，太阳如火炉般炙烤着大地。父亲见我回来很高兴，从抽屉拿出五分钱，说天气太热了，让哥哥去买根冰棍回来给我解暑。懂事的哥哥很快就买回一支冰棍 ，让我一个人吃。哥哥、姐姐吃鸡蛋皮的一幕再次浮现在我眼前，我怎么可能再独自享受呢？在我一再坚持下，我、哥哥和姐姐三个人你一口我一口地一起把那支冰棍吃完，吃得很美！

小时候，因为家庭贫困，我们仨不能长期在一起生活。年幼的我跟随外祖母，哥哥姐姐在家一边上学，一边帮家里干活儿，我们忍受了同龄人所不能忍受的苦与累，就连逢年过节都很少一起度过，但我们仨的心是相通的！

长大后，先是姐姐出了嫁，为人妻，后又为人母，但姐姐一直牵挂着我和哥哥。两年后，哥哥结了婚，为人夫，后又为人父，但哥哥仍一如既往地想着我和姐姐。无论贫穷还是富有，也不管平坦还是坎坷，哥哥姐姐对我的牵挂与爱从未放下。他们疼我、爱我，他们的苦与乐永远牵动着我的心！

回家过年

——童年记忆

小时候，我一直跟外祖母一起生活，就连过年也是跟外祖母一起过年。

在外祖母家住了好长时间了，我想爸爸、妈妈、哥哥、姐姐了，他们都很疼爱我，给我温暖。当然，外祖母也很疼爱我，她总是把最好的东西留给我吃。我家里因为弟兄姊妹多，又都在成长期，饭量大，生活最多能够半饱儿。大人们忙着田里干活儿，没办法照顾我，把小孩子留在家里不放心。妈妈虽然不舍，还是忍痛把我送到外祖母家。那时我也懂事儿，知道家里的艰难，虽然不舍这个热闹的家，还是在外祖母那儿住了下来，享受外祖母的爱。可我也无时无刻不在想家 ，尤其接近年关，每日，我心里像长了草，总盼着家里来人接我回家。

六岁那年的腊月二十三，天还没亮我就起床了。“唉，过小年儿了，怎么还不接我回去?”我哀叹道。

“也许一会儿家里就来人接我了。我先去玩一会儿吧。”我暗自思索着。随即便去找邻家小女孩儿玩去了。

过了一会儿，我玩耍渴了回来喝水，刚到外祖母家门前的小路，眼尖的我便发现我哥哥坐在外祖母家的屋子里，我喜出望外，“我哥哥来了，准是来接我回家过年的!”我暗喜道。我一边跑，一边喊：“哥哥！哥哥!”我的话音刚落，只见哥哥站起来跑开了躲了起来。我赶快进屋开始找哥哥，这屋找，那屋找，终于找着了。我翘起小脚尖，用小手紧紧地搂着他的腰。哥哥坐回凳子上，把我抱在怀里，不懂事儿的我娇滴滴地问哥哥：“哥，你是来接我回家过年的吧?”自幼坚强的哥哥一下子眼眶湿润了，跟我说：“妈说今年家里收成不太好，粮食没卖多少钱，过年家里也没买多少好吃的，让你还跟着外婆过年!”我号啕大哭起来，哭着闹着要跟着哥哥一起回家过年。哥哥不再说什么，只是静静地抱着我。待我安静下来之后，哥哥让我去外祖母家门前的那大块场地上与邻家的孩子一起玩耍，自己留下来陪外祖母说说话。过了一会儿，我感觉仿佛要有什么事情发生似的，赶忙跑回外祖母家的屋子里，天哪，我哥哥已经走了！我如同疯了一般拼命地追赶，任凭外祖母在身后声嘶力竭地呐喊。大约跑了半个多小时，我终于看见了哥哥。我哭着喊着让哥哥等我，我要回家过年！疼我爱我的哥哥听到我的哭喊声停了下来，他转过身，向回走，然后蹲下身子，张开双臂，我一下子扑进哥哥的怀里，尽情地哭了起来……

“小妹乖，不哭，哥带你回家过年。咱跟外婆打个招呼再回家。”哥哥安抚我道。

我们一起回去跟外祖母告了别。

临走，外祖母轻轻地打开她那准备过年的半袋白面，给我们舀

了两升 。

在接下来的路途中，哥哥没有舍得让我自己走路，他抱着我行走着，累了就轻轻地把我放在地上，休息一会儿，然后再背着我走。哥哥的肩膀是那么的宽广，哥哥的后背是那么的温暖，我幸福的泪儿在不停地流淌……

终于，我与哥哥到家了，累得气喘吁吁的哥哥轻轻地把我放了下来，微笑着说："今年过年，咱家终于团圆了！"父亲、母亲、姐姐闻声跑了出来，见到我回来了，非常高兴。姐姐背上我，去村里四处炫耀，逢人便说："看！我妹妹回来了，她长得多漂亮呀！今年我们家过团圆年！"

大年初一一大早，我们全家一起用外祖母给的白面包饺子，那温馨的场面，真是其乐融融！

热腾腾的饺子端上来，真好吃！这是我们家这多年来第一次吃白面饺子，香里带着甜，甜里带着香，因为，这饺子是用外祖母的爱做成的。

"你们能吃上白面饺子，要好好感谢你们外婆，这是她老人家从牙缝里省出来的。"父亲满怀感激地对我们这三个孩子说。

"哼！你们还要感谢我，因为我回家过年，外婆才把白面给咱们家的。"我娇声地说道。

"嘿！是是是！我们都沾老三的光了。"母亲笑着说。随后全家人乐成一团……父亲、母亲、哥哥、姐姐紧紧地围在我身边，他们爱我、疼我、亲我、吻我、抱我、宠我！他们给予我的爱与温暖是我最想要的。

那年春节，是我有生以来过得最开心的一个春节，哥哥、姐姐在我的两边拉着我的小手，我们一起在村里东奔西走，看着乡亲们的一张张笑脸，说着新春的美好祝福，倾听着村北小河潺潺流水的美妙乐章……

回家过年，真好！

中秋梦

童年是个多梦的年龄。我的童年很多很多的梦，都在中秋。

中秋，是月亮最圆最圆的日子，可这个圆，在我的童年，总是缺那么一角儿。

自我懂事儿起，每到中秋，母亲就总给我讲月亮的故事。那个在广寒宫寂寞的嫦娥，不知使我掉了多少串泪珠。可在五岁那年，我却觉得我也成了月宫中的嫦娥。

那个时代，经过历史创伤正恢复元气的国家，还是很困难的。特别我的弟兄姊妹较多，大人们都忙着生计，也憧憬着发家致富。我的童年，成了家里的负担。太忙太忙的父母，没法照顾我，所以自五岁那年，我就长期在外祖母家，享受着另一种关爱。每到月圆的日子，我总是想着父亲母亲那温暖的怀抱。外祖母也给我讲嫦娥的故事，在她的故事中，嫦娥不是“应悔偷灵药”的负心人，而是舍己为民，甘入广寒，用感情来阻挡后羿神箭的英雄。听到外祖母的故事，我攥着小拳头，仿佛我也成了“月神”。但我还是想家，想父亲母亲，想哥哥姐姐。但我的中秋的团圆，都是在梦里，醒来，也是在外祖母的怀抱。外祖母也疼我爱我，好的东西偷偷留给我吃。但想家的梦总在幼小的心灵躁动。再美的生活，也比不了父母怀抱的温暖。

每个中秋节的晚上，我都久久不能人睡。我想家，想家中的父亲、母亲，还想家中的哥哥、姐姐。我不求月亮姥姥能送给我什么好的礼物，但我渴望月亮姥姥能把我带回家，我想回家过中秋佳节。家中没有什么好吃的我也不在乎，我就是想回家。

五岁的那年中秋节晚上，我做了一个甜蜜的梦，在梦里，我终于回家过中秋节了。晚饭后，母亲把饭桌擦干净，摆了几块自家手工制作的圆圆的糖饼，还摆了几个自家树上结的苹果。我们一家五口人（当时弟弟还没有出生）围坐在一起赏月，父亲把我紧紧地楼有杯里，亲我、吻我，哥哥、姐姐在一旁拉首我的小手，平时看起来严厉的母亲那天尽是伟大母爱的温柔……梦醒后，我睁开蒙胧的睡眼，泪流成行，我一遍又一遍地问自己到底何时才能回到父母身边，我父亲温暖的怀抱里欣赏中秋的圆月。家中的爸爸妈妈、哥哥、姐姐，我想回家与你们一起过中秋节！

六岁那年中秋节过后，我连续好几天都闷闷不乐，外祖母把我抱在怀里，用她那温暖的嘴唇不停地吻着我小脸上的泪珠，跟我说：“乖宝听话，等明年中秋节，外婆带着你回家过中秋节！”“哼！你们大人老是哄小孩子高兴，我才不信呢！”我反驳道。外祖母默不作声，只是静静地抱着我。

那年的中秋，圆圆的月亮悬挂在高空。我在外祖母温暖的怀抱里，多做了一个回家的梦。

暖心的爱

知母莫如女

自儿时起，我对花就有一种特殊感情，每每见到花，都会有一种别样的亲切。

小时候，随同外祖母去田地里干活儿，见到各种各样、色泽鲜艳的野花，它们虽然不能与牡丹争国色，但在我看来，也是好看极了。我欣赏着它们的美丽，闻着它们的馨香，从未伸手摘过一朵。因为，它们是有生命的，它们属于大千世界的，我又怎么能将它们占为己有呢？

长大后，我更加喜欢花，可以说是情有独钟。一有闲暇，我便去郊外漫步，五颜六色的野花，带着泥土的清香，着实让人陶醉。我简直要欣喜若狂了，我唱歌，我跳舞，我吟诗，我狂笑，所有的烦恼烟消云散，快乐无比。

做了母亲后，我开始自己养花，精心护理，小心呵护。令我深感欣慰的是，女儿也特别喜欢花，我们母女常常就养花的技巧进行共同探讨，是那么的美好，又是这般的幸福！

今天，下了班，拖着疲惫的身躯回到家门口，“咚咚咚”我敲了敲门。“等一下，这就来！”小女应声道。不大一会儿，小女开了门。“妈妈，您把眼睛闭上，我想给您一份惊喜。”小女面带微笑，神秘地说道。“哦，什么意外惊喜呀？让妈妈看看。”我说。“不嘛不嘛，您先眼睛闭上。”小女娇声说道。我闭上了眼睛。“噔噔噔噔，请睁眼。”我睁开了双眼，只见小女欣喜地给我递过来一捧玫瑰花，说：“妈妈，今天是您的节日，祝您母亲节快乐！”我接过花，深深地闻了闻，真香！惊喜、激动……幸福的暖流在心中流淌，感动的泪水止不住地往下流……顿时感觉心里充满着暖暖的爱意，仿佛自己一下子成了全世界最幸福的母亲。我激动地对女儿说：“谢谢你，宝贝儿。你懂事了，长大了，这花真漂亮，妈咪很喜欢。”女儿扑过来，紧紧抱着我，说：“妈妈，这么多年来，您辛苦了！谢谢您，我永远爱您！”

我把女儿抱在怀里，亲了又亲。之后，我数了数女儿送给我的玫瑰花，一、二、三……一共五朵。当我正在思索五朵玫瑰花的深刻含义时，女儿说：“妈妈，这辈子做您的女儿无怨无悔。”我再一次泪如雨下……

五朵玫瑰花，小女说她这辈子做我的女儿无怨无悔，我又何尝不是呢？这辈子有这么一个知我、懂我、爱我的好女儿，真是幸运！

知母莫如女！我爱花，更爱美丽的玫瑰花。女儿知道我爱玫瑰花，所以在母亲节这天送玫瑰花给我，这真是我做母亲莫大的幸福啊！五朵红玫瑰，一朵比一朵美，看看这一朵很美，看看那一朵，就更美了！色泽很鲜艳，红中泛白，呈胭脂色，恰似宝贝女儿的脸，那么可爱。这不正是上苍送给我的无怨无悔的大礼吗？

亲爱的宝贝女儿，谢谢你懂我，这辈子有你，真好！

女儿，妈妈想对你说

女儿，妈妈想对你说，第一次感觉到有你的存在，是因为那一天莫名其妙无休止的呕吐，那一刻，我知道，我有了你——我的宝贝儿。

女儿，妈妈想对你说，自从知道有了你，妈妈头脑里想的都是你，朝也思，暮也想，想着你将来会是怎么可爱的样子，心中的那份幸福，比吃了糖还要甜蜜……

女儿，妈妈想对你说，怀你六个多月的时候，那次去医院做了个检查，大夫说你没长脊柱，如五雷轰顶，轰得妈妈一下子差点儿昏死过去，然后便是死去活来的哭泣……那时那地，谁能理解，一位准妈妈的艰辛与不易？哭也没用，妈妈做好了心理准备，不管多苦，只要妈妈还有一口气，就一定要努力呵护你。后来去三甲医院检查，得知你发育很好，妈妈激动得不能自已。

女儿，妈妈想对你说，怀你七个多月的时候，你小得无比，妈妈又一次开始担心你："太小了不好养啊！"妈妈昼夜嗟叹，时时刻刻都在担心着你。

女儿，妈妈想对你说，2004 年农历三月初九，妈妈终于看到了可爱、健康的你。你白嫩嫩的小脸蛋、乌黑的头发，小身子胖嘟嘟的，实在是可爱至极！大夫说你的体重七斤半，可真不小哩！哦，莫非你在妈咪肚子里时就学会了藏猫咪？你这个可爱的小淘气。

女儿，妈妈想对你说，你小时候，晚上困了特别爱哭爱闹，最起码抱着你颠一个多小时，你才能安静地休息，你每夜至少还要醒来五六次，饿也闹，尿也闹，妈妈只能陪着你。嘿嘿！你闹起人来似乎毫无顾忌。

女儿，妈妈想对你说，你小的时候，妈妈真盼着你能快些长大，因为妈妈只是个弱女子，当经常面对艰难、委屈、不顺时，真的害怕自己有一天挺不过去，而那时你还没长大，一个年幼的女孩子，没有亲妈的呵护，将过着多么难熬的日子……那时，妈妈特别希望时间能过得快一些，我的孩子能快些长大，长大了就能出人头地。

女儿，妈妈想对你说，感觉简直就是一刹那，你十八岁了，模样俊俏，腰杆挺直，身高快达到了一米八一，就连妈妈这样高个的女子，在你跟前也显得矮的出奇。你的优秀，妈妈看在眼中，乐在心里。你已经长大，因为有你，妈妈不怕风，不怕雨。

女儿，妈妈想对你说，感谢天，感谢地，让我们成为母女，因为有你，妈妈受过的苦和累、屈和辱，都值！

女儿，妈妈想对你说，谢谢你成为我的宝贝闺女，这辈子有你，足矣，你永远是我最爱的小妮。

你是我永远的骄傲

——写在宝贝女儿十八岁生日

我的孩子，今天是你十八岁的生日，妈妈祝你：生日快乐！永远健康快乐、幸福平安。

我的孩子，你长大了。永远忘不了，十八年前的那个下着蒙蒙细雨的上午，你平安、健康地降生凡间，那是你和妈妈第一次相见，你一头乌黑的头发、一张白嫩嫩的小脸蛋，还有那樱桃小口，让妈妈喜在眉梢，乐在心坎上。看着你，怎么也看不够，心中流淌着的是，说不完的甜蜜……

我的孩子，你是我永远的骄傲。因为，你从小就冰雪聪明，还让妈妈欣慰的是，你擅长写作，每次语文考试，你都因作文得高分而胜人一筹，你给自己定了很高很远的梦想。这么多年来，你努力着、奋斗着，很是了得。一路走来，虽然经历了数不尽的艰辛，但你一直奋勇向前。

我的孩子，你是我永远的骄傲。因为，你懂得感恩。懂得感恩，是一个人最高尚的品德。哪位老师曾经鼓励过你，你永远记在心上；哪位同学曾经在下雨天让你与她共用一把伞，你每每提起，都会感激得泪眼汪汪……在一个寒冷冬天的一个晚上，那天妈妈下班晚了，邻居阿姨给你端过来一碗热面汤，你说，那个阿姨像妈妈，等你长大了，赚钱给那位阿姨买很多很多棒棒糖……

我的孩子，你是我永远的骄傲。你要坚信，世界上没有比脚更长的路，因为，不管路有多长，只要你坚持走到路的尽头，你的双脚一定在那路的前面。你还要坚信，世界上没有比人更高的山，因为，不管山有多高，只要你坚持登上山的最顶峰，然后你站起来，你一定比那山高。

我的孩子，你是我永远的骄傲。你长大了，美好的未来在向你招手，带着你的梦想，快乐出发，扬帆起航，为自己的理想拼搏吧。将来，不管你成功与否，只要你能回馈社会，造福人民，就是妈妈的希望和幸福。

可爱生灵

小猫月月

我家有一只活泼可爱的狸花猫，名叫月月。这个可爱的猫孩子，早已经彻头彻尾地成为我们家族一员了。

月月长得很是招人喜爱。它的眼睛又大又圆，小小的鼻子下有一张三角嘴，小嘴两边有一个非常漂亮的“八”字胡，圆圆的小脑袋上竖起两只尖尖的小耳朵，显得特别神气。它粉色的小鼻子湿漉漉的，实在是把它的可爱衬托到了极致。

月月更迷人的，是它那对透亮灵活的大眼睛，黑黑的瞳仁居然还会变，简直充满了神奇。早晨，它的眼睛像枣核。到了中午，它的眼睛则变成了细线。而到了晚上，它的眼睛却变得像两颗碧绿的翡翠，闪闪发亮。

每天我下班回来，月月就飞快地跳到我身上，让我抱它、亲它、抚摩它，然后呼噜呼噜地在我身上美美地睡上一觉。它的睡姿也实在是销魂，抵挡不住满满的爱，让你丝毫都不忍心去惊扰它的美梦。只见它用小爪把小脸蛋捂着，好像害羞似的，似乎在说：“人家可是个害羞的女孩子哟。”我轻轻地抚摩一下它，它就会温柔地喵一声，再摸一下，又喵一声，就像一个小婴儿，让人有说不出的心疼。有时候，它蹲在沙发上，眯着眼睛，懒懒的，喉咙里发出呼噜呼噜的声响，像在念叨着什么。我用手摸一下它的小胡须，它会不大情愿地抬一下眼皮，很快就又闭上眼睛。

月月很是调皮，或许知道自己是主人的宝贝疙瘩吧，它有时故意躲起来，任凭你怎么叫它，它也不答应。有时我以为它趁我开门时偷偷溜出去玩耍了，十分担心。有一天，我正在上班，忽然接到女儿打来的电话，说月月神秘失踪了。我问："家里开门了吗?"女儿说："没有哇！我心里很纳闷——家里就这么小的地方，它能藏到哪儿呢?"我告诉女儿不要着急，等我下班回家再找。晚上下班到家，女儿让我赶忙跟她一起找月月，我笑道："别着急，等咱吃完饭再找。"吃完晚饭，我跟女儿一起来到小卧室。我先扫视了一圈，然后毫不犹豫地走到床前，一把将叠得方方正正的被子拽开，只见月月还在呼噜呼噜大睡。见我们到来，它看上去很不耐烦，似乎在责怪我们打扰了它的美梦，真让人哭笑不得。

月月还有点"人来疯"。每一次，我女儿放假回来，它就像吃了兴奋剂一样，在光滑的地板上跑得飞快，根本就停不下来。上个月，女儿回来，月月又开始"人来疯"了，飞快地跑着，一头撞在了透明的茶几上，四脚朝天地躺在了地上，一动不动。可把我吓坏了，以为它被撞死了呢。可过了不大一会儿，它又活跃起来，很快地，又撞在了茶几上，一次、两次、三次……唉，可把我和女儿心疼坏了！

在众多的玩具中，月月最喜欢玩球了。只见它微微抬起两只小前掌放在球上面，将上半个身子都搭在了上面，两只脚靠着球慢慢地走起来，玩得可开心了。它一边玩，一边高兴得喵喵地叫起来，眼睛都快眯成了一条缝了。看到它开心成这样，我也开心地笑起来。

每晚，我不管多忙，都会陪着月月一起玩球。月月玩球的本领可不小呢。有时用前爪发球给我，只见它用小手掌使劲地把球朝着我的方向推过来，两只眼睛紧紧地盯着我，准备接球。有时用它的后腿使劲地把球踹给我，然后快速地掉过头来，目光专注地等着我把球踢给它。一个来回、两个来回……我们每天都这么快乐地一起玩耍。

月月可爱操心了，似乎一直在为我们这个家操着心，大事小情，它都要操心。开门时屋里飞进来一只飞虫，只要被它发现，它就拼命地追赶。飞虫飞上了房顶，月月就跃上房顶去追，常常因为追赶一只飞虫被摔上十多次。每一次，我都心疼得眼泪直流……

我有时爱喝点儿小酒，这似乎也成了月月操心的一件大事。前不久的一个晚上，我酒后回到了家。月月见我回来，它没有了往日的撒娇，而是眼睛直直地看了我一会儿，然后用小手掌使劲地打我，似乎在斥责我这个“酒鬼”。打完我之后，又跟我撒娇求抱抱。因为那天酒逢知己，特别开心，随后我便跳起舞来。月月见状，它轻轻地把两只小爪放在地板上，愉快地挠来挠去，似乎在为我伴奏呢。为此，我还曾戏题小诗两首：

一

贪杯酒后把家归，气煞猫咪可劲捶。

到底哪儿疯去了，不喝醉了不知回。

二

在外含羞酒未高，回家狂饮水三瓢。

猫咪伴奏我来跳，渴盼还回杨柳腰。

我爱读书，每晚，不管读书熬夜到几点，月月都会默默地陪伴着我。尽管它平时那么顽皮淘气，但只要我在读书学习，它就会特别安静。我默默地读着书，它默默地在一旁陪伴着，就像家人一样。

月月像一个懂事的乖孩子，它通人性惹人爱，为我们一家的生活平添了乐趣。

喜欢你，家中的小月月。

猫咪月月二三事

2019 年 7 月 29 日，我喜得一只狸花猫，美其名曰“月月”。

月月一天天长大了，一身干净亮泽的绒毛，大大的眼睛，很好看，简直是猫中的“小美人”，非常机灵，活泼可爱，着实招人喜欢。

小宠月月最害怕洗澡了。每次我洗澡时，它就在门外声嘶力竭地叫喊，或许在它看来，洗澡是件非常害怕和危险的事情吧。有时它急得拼命地挠门，然后我答应它：“月月，主人在这儿呢，没事儿，没事儿!”它似懂非懂地安静一会儿，然后又拼命地挠门。我洗完澡出来，它像个小大人似的上下打量着我，似乎想看看我受伤了没有，实在让我感动。

我由于肥胖每晚都在运动减肥，有时做减肥运动持续到夜里一点多钟。它不管多困，也不睡觉，就坐在一旁默默地看着我，陪伴着我，很让我感动，也给了我坚持下去的信心和力量!

昨晚，我正兴致勃勃地跟爱猫月月追玩小排球时，小家伙突然龇牙嚎叫，并不时地在半空跳跃。我的目光随着寻觅，哦，原来家里进来了“不速之客”—— 一只蚊子。我怕小宠累着，赶快安慰它："月月乖乖，不管它了，主人找苍蝇拍拍它……"任凭我怎么说，月月依旧奋力地追赶，似乎在自行执行一项神圣的使命。

怕它安全上出问题，我也赶快奔跑跟随其左右。左一圈、右一圈，上一圈、下一圈……平时看似肥胖的小宠，虽然累得上气不接下气，但依旧拼命追赶。突然，那只蚊子飞上了猫笼斜对着的灯旁，月月一跃跳上猫笼，只听"扑通"一声，月月狠狠地摔在地上，两只小爪紧紧地合在一起。我赶快过去把它抱起来。它挺直了身子，小脑袋瓜子紧紧地贴在我的怀里，小嘴大口大口地喘着粗气，看着它，我的眼眶湿润了……

不大一会儿，月月使劲地挣扎出我的怀抱，在我的脚下卧下，舒张开两只小爪，一双可爱的眼睛看着我，小嘴不停地"喵喵"叫着，并不时地用一只小爪在地上挠来挠去，我定神一看，一只死了的蚊子显现于我的眼前。一汩汩暖流顺着我的脸颊止不住地往下流。我赶快拿出它平时最爱吃的猫条喂它，它把两只小爪轻轻地搭在我的膝盖上，一边吃，一边不停地摇着小尾巴，甚是可爱。

兴奋之余，一首小诗送给我的爱猫月月，以寄我和它之间真挚的情感：

相偎相依分外亲，灵机闪处最迷人。
可疼可爱可崇敬，助我深宵赋韵文。

小狗贝贝

贝贝是我在少儿时家中饲养的一条小狗，因其全身毛色黑得闪闪发亮，又甚是可爱，对于我来说，恰似一件价值连城的宝贝，故我美其名曰“贝贝”。

贝贝，曾用名小老痴，它是我叔叔家养的一条母狗产下的一条小狗崽，它的犬妈那一次产狗崽共计 6 条，它长得最小，也最丑陋，因此一直没有人把它抱回家饲养。

孟春的一个星期天的上午，我跟父亲说我叔叔家里有一条小狗崽，我想把它抱回来养着，父亲听罢便带着去看个究竟。到了我叔叔家门口，我见到一只丑得简直无与伦比的小狗崽，它一身长长的灰不溜秋的毛毛，一双小眼睛小得很难看得见眼珠，我走近前去跟它打招呼道：“你好啊，小老痴，你又丑又痴呆没人爱要你，本大人今天心情不错，就把你给收留了吧！”言罢，我就把它抱回了家。

到家后，母亲见了它，埋怨我道：“这小狗崽长得太丑了，看起来又挺傻的，你把它抱回来有啥用?”“犬丑不丑的没有关系，只要能给咱们家看门就行了！”父亲笑呵呵地说道。母亲听罢，不再言语，便又忙着干家务活儿去了。

到中午时，我用家中一只旧了的小碗给它喂食，它大口大口地吃了起来，一边吃，一边还不停地摇着小尾巴，很可爱。

半个月之后，它变模样了，犹如脱胎换骨一般，原本那一身灰不溜秋的长毛变成了一身黑得发亮的短毛，原本那小得几乎看不见眼珠的小眼睛，变成了大眼睛，再端详端详，还双眼皮呢。“嘿！瞧把你给美的。从今天起，你就改名叫贝贝吧。好好看家，有什么好吃的，少不了你的！”我拍着它的小脑门说。它好像听懂了我说的话似的，跟我又撒起娇来。

在我的心目中，贝贝是我的一个要好的伙伴，它非常聪明，记忆力相当好，我家那几亩承包地分别在不同的地段，而且距离都不太近，但只要它跟着去过一次，它就会记住。母亲有时担心它总不出门会憋得慌，偶尔带它去田间地头转一转，遛一遛，告诉它这块地段叫啥名，那块地段叫啥名，它全部能记住，等下次母亲跟它说今天去哪块哪块地干活儿让它也跟着去时，它准是早早地就跑到那块地的地头老实巴交地坐在那儿等着母亲。

贝贝是看家护院的好帮手，它虽然对主人十分温顺，但它对于“不速之客”的凶猛程度，真是远近闻名的。那一年，母亲为了贴补家用，养了三十多只鸡。由于饲养环境和饲料好，那些鸡一只只长得都那么肥美。每天，那些鸡们在院子溜达玩耍，贝贝就静静地坐在院子里的一角看护着，像是一名威武的卫士！

一天，一只黄鼠狼窜到我家院里，凶猛地扑向正在吃食鸡群，吓得鸡一边乱叫一边飞跑。贝贝见后，立刻跑过去，与黄鼠狼撕咬起来。那只黄鼠狼被贝贝死死咬住脖子，不一会儿便断了气。贝贝的耳朵也被咬伤了，滴着鲜血。

日复一日，年复一年，贝贝像守护神一样守护着我的家，它也常常因为自己的忠于职守而获得我的一些奖赏，例如鸡腿、肉骨头等美食。贝贝每次享受着它的奖赏时，就撒欢儿、卖萌，像个小孩子似的，美的屁颠儿屁颠儿的。

在我看来，贝贝除了不会用人语跟我交流外，别的方面都很好。说到这里，有一件事情我至今还记忆犹新。那还是贝贝半岁大时，有一次，父亲去赶集了，母亲去地里干活儿，我独自一个人在家，可能是不小心着了凉，我突然肚子剧烈疼痛，疼得我在地上打滚，满头大汗，贝贝目睹了这一切，先是静静地坐在地上着急地看着我，不大一会儿它就跑出去了，留下孤零零的病着的我。大约十分钟后，母亲气喘吁吁地跑回来了，啊，我这才知道，原来是贝贝把母亲给叫回来了，母亲背着我去村卫生室治疗输液，待病情稍稍稳定之后，我问母亲："贝贝又不会说话，您怎么知道家里有急事的呢?"母亲听了，说："贝贝平时特别温顺，没有主人批准从不出门，可是今天它跑到地里，大声叫喊，咬住我的裤脚使劲儿地拽，我一猜家里一定有急事儿!"。我的可爱、聪明的贝贝呀！谢谢你救了我!

贝贝十三岁时，得了一场重病，我母亲带着它多处治疗，但仍然未能治好它的顽疾。我闻讯便急急忙忙地赶回了家，把它紧紧地搂在怀里，给它安抚，给它慰藉，它泪眼婆娑地看着我，我泣不成声，寝食难安。最终它在我的不依不舍之中安静地离我而去。父亲、母亲也不禁落泪。父亲在我家房后的一棵梨树下，含泪用铁锹挖了一个深深的大坑，把它安了葬，又轻轻地一层一层盖上土。

我的贝贝从此与我阴阳两隔了，它曾给我带来数不尽的快乐和欢笑，更曾救过我的命，如果没有我的贝贝，年幼的我或许早因那场急性肠堵炎而撒手人寰。

可爱的贝贝，我会永远怀念你的，一如怀念童年时远方的伙伴。

人生感悟

争 夺

题记：鲁迅先生说："时间就像海绵里的水，只要愿挤，总还是有的。"

时间是流动的，它总是向着一个方向前进、飞奔，永不回头。不经意间，它已离你而去。于是，早晚、昼夜；于是，春夏、秋冬；于是，弱冠、耄耋；于是，百年、千年……

或许，在你气馁时的叹息声里，从你的唇边流过；或许，在你伤心时流出的泪里，从你的眼角溜走；或许，在你思考问题时，于你的额前一闪；或许，在你醉酒贪睡时，大摇大摆地在你梦中遁逝。

小时候，我常常与乌云赛跑。每当乌云密布，眼看着大雨将临，我就赶快往家跑。说是跑，其实就是一路狂奔，不顾疲倦拼命地狂奔，心中只有一个念头：一定要跑赢乌云。终于争取到了时间，瓢泼大雨在家门口于我身后开始放纵。

少儿时，因过度顽皮好动，大量的时间于相互追逐撕打中放过，因此而留下诸多以资消遣开怀的忆柄。

其实细忖，人生就是争夺——就是与时间拼快慢的过程。只要是在为之奋斗的路上跑赢了时间，你就会有收获、有成就、有建树以及功名利禄。

“一寸光阴一寸金”！假如，你想成就一番事业，那么，你就要视时间如生命，要充分利用好，要牢牢把握好，千方百计节约时间，不顾一切争取时间。因为，时间才是世界上一切成功的土壤。

亲爱的朋友们，请珍惜时间吧，它既能给空想者以痛苦，又能给创造者以幸福。时间就是生命，时间就是速度，时间就是力量，时间就是效益。

一万年太久，只争朝夕！用我们的满腔热情，来书写生命的誓言；以我们有限的生命，去争夺无限的人生、广袤的大千、无垠的宇宙、深邃的海洋……

心　结

每一个坚强的背后，都有酸楚和不为人知的过去，真正的强者，不是没有眼泪，而是含着眼泪依然奔跑。

有一位姑娘，她外表强悍，大大咧咧，可谁能知道，她坚强的背后，却深藏着脆弱的眼泪？

她小时候，家境贫困，五岁就开始奋斗，风里来雨里去，吃尽了苦头，可她以微笑直面一切坎坷，摔倒后马上爬起来，继续前进。人们只见过她的笑，却从未见过她流泪。

其实，她也有眼泪，只是每一次，当眼泪即将要流出来的那一刻，她急转身，把眼泪咽了下去，她的故事，会让每一个善良的人落泪。每一次，当不顺降临时，她便对自己说："没关系，咬咬牙就能挺过去！"

日复一日，年复一年，她如同一棵小草一般，渐渐长大，渐渐变强。病痛时，她读书不止；危难时，她笔耕不辍。她，把疼痛化为力量；她，把凄楚藏在心内……

然而，有谁知道坚强的背后？坚强的她，不是没有眼泪，而是含着眼泪奔跑；坚强的她，不是没有眼泪，而是含着眼泪依然攀爬、苦追；坚强的她，不是没有眼泪，而是要把泪水都留给自己偷偷消化；坚强的她，不是没有眼泪，而是要让眼泪往心里流。

其实，坚强的背后，就是难以言表的脆弱。

古人云："俯仰之间，已为陈迹。"把那些交与历史吧。而她，一定要向那灿烂的生活大踏步地迈进。

读书的快乐

那时我还很小很小，妈就对我说：“吃得苦中苦，方为人上人！”记得从五岁时起，我就酷爱读书，每天从书中收获成长与快乐。

好好读书，做个有学问的人，是我一生追求的梦想。因读书而爱书，就连过年时父母亲给我的压岁钱，我也一分不花，攒起来买书。

到了读高中时，我省吃俭用挤出钱来买了一些中外名著，待每天晚上学校宿舍熄灯后躲在被窝里打着手电筒阅读。那些文学作品使我受益匪浅，其中，最使我受益的是美国女作家海伦·凯勒的散文代表作《假如给我三天光明》。海伦·凯勒的自强不息、不屈不挠、积极向上的品质感染着我。在《假如给我三天光明》这部作品中，海伦·凯勒通过自己盲聋的生活经历、生命感悟及成功过程的描述，从一个身残志坚的柔弱女子的视角，告诫身体健全的人们应当珍惜生命，珍惜造物主赐予的一切。海伦·凯勒以真实、朴素、自然的笔触再现了她坚强、乐观的生活态度，为人们如何认识生命、如何面对困难、如何正视自我谱写了一首不屈的赞歌。海伦·

凯勒说：“我努力求取知识的目的在于为社会为人类贡献一点儿力量。”可见，海伦·凯勒对世人的博爱襟怀是多么的让人震撼。从她的身上，我看到了她心灵的美好、天性的善良，因为她时时刻刻都想为人类做贡献。海伦·凯勒对人生的坚定信念时刻激励着我，不论何时何地，也不管我的身体是健康还是疾病，我都会更好地生活，更好地读书，努力用手中的笔去尽可能地写出更多、更好的作品，留给后人，为社会传播正能量。

我在学习之余还写了不少文稿去报社投稿，获得的稿费舍不得用于买好吃的，也舍不得买漂亮的衣物，而是全部用于买各种有用的书籍与报刊。我完全沉浸在知识的海洋里，刻苦学习，锐意进取。

至今还清楚地记得，高中二年级的一个中午，我放学去学校食堂买饭，一进食堂，一股香喷喷的味道迅速扑鼻而来，“咦，是食堂大师傅用铁锅炖鱼了吧?”我不假思索地自言自语道。嗨！还真让我给猜对了，果真中午学校食堂有鱼。“真是馋猫鼻子灵啊!”我自嘲道。我几乎要垂涎欲滴了，但一想到自己必须省钱买书读书，我很快就将这份馋瘾给强制压下去了。鱼是两元钱一条，鱼汤是两毛钱一小碗，我花了两毛钱买了一碗鱼汤，又花了三毛钱买了一大碗米饭，把鱼汤浇在米饭上，很奢侈地吃了一顿美食 —— 鱼汤泡米饭。我津津有味地把这鱼汤泡米饭吃了个精光，连一粒米都没剩下。

这顿鱼汤泡米饭是我在高中三年里吃过的最好的饭菜，可以毫不夸张地说，那顿香味扑鼻的鱼汤泡米饭让我终生难忘，至今还回味无穷。我真的感觉好香，好香！心里真的很美，很美！

高中三年里，我只穿了一双白球鞋。我把那双白球鞋当作人间珍宝，每逢下雨，甚至是极度寒冷的下雪天，我都舍不得穿上，而是把鞋脱下来，放在手里拿着，所以我的那双白球鞋总是那么干净。

那时，为了读书，忍饥挨饿，但是心中快乐到了极致，因为有书读。那既漫长又短暂的三年高中期间，一个娇美的花季少女，没有穿过一件像样的衣服，没有吃过一顿像样的饭菜，但是无怨无悔，至今乃至终生也无怨无悔，因为读了很多书。思及此，一首拙诗随即吟来：

捧卷深宵岁月长，孱身兴对一灯黄。

平生只为圆一梦，收获滴滴入锦章。

到了不惑之年时，对人生五味早已泰然处之，常常以一颗诗心去面对，因为我活在诗的境界里。白天工作忙，几乎没有时间读书、写作，但是不管多忙，读书写作是坚决不能停止的！每晚读书写作到夜深，有时到次日凌晨两点左右，没有感觉到一丝一毫的疲倦与痛苦！有诗为证：

花样年华却爱读，罗衣麻布不嫌粗。

冷食常就名篇咽，也觉神怡心境舒。

曾几何时，我一边骑车，一边大声地朗诵李白、杜甫的诗，抑扬顿挫间，感觉自己亦真亦假地成了诗人。于是，吟诗一首作为自嘲：

拙愚却欲跃龙门，夤夜攻书不惧辛。

总把虚名抛脑外，常将情愫筑心魂。

昔时虽未登金榜，今日也能诵古今。

漫道娇颜无觅处，诗吟卌载又青春。

读书真好！读书让我变得年轻貌美，不惑之年的我，跳动着一颗十八岁的心脏。疲惫时，我放声歌唱，知识是最好的保养霜。饥饿时，我潜心默诵，知识是最好的精神食粮。

我爱读书，我每天依偎在书房。每当读一本好书，就会激起我无穷的畅想。我像一个跋涉者，在游览祖国的美丽风光，桂林的山水、云南的丽江、嘉兴的乌镇、湖南的凤凰……

我爱读书，我每天依偎在书房。每当读一本好书，就会激起我无穷的畅想。我又像一个考古学家，在追寻着祖国的远古文化。什么史学典章……抚仙湖古滇国宝藏等都属于我的涉猎。

我爱读书，我每天依偎在书房。每当读一本好书，就会激起我无穷的畅想。我像一个婴儿，在吸吮着甘甜的乳浆，妈妈的爱，是春天，我在爱的世界里，健康成长……

我爱读书，我每天依偎在书房。每当读一本好书，就会激起我无穷的畅想。我像一棵幼苗，享受着师者温暖的雨露阳光，知识的甘露，浇开我理想的花朵，心灵的阳光，普照我情操的高尚……

我穿的是俭朴的服装，吃的是粗茶淡饭，我可以连续三天不吃饭，但我不能一天不读书。书是我的精神食粮，见到它，我就快乐之至！言及此，灵感来袭，随再吟一首以结小文：

生篷筚户亦争高，渴盼文章著九霄。
成长途中多坎坷，登攀路上举戈矛。
田苗因雨撒欢舞，杨柳随风分外娇。
喜看书房兼卧室，悠游韵海乐逍遥。

母爱的回思

一天，我从百度上看到一个小视频。视频中，一只母鸟正在守护一窝小鸟，公鸟捕食回来，母鸟和公鸟把食物一块一块地嘶碎分别送进幼鸟口中，幼鸟们喂饱后，所剩无几的食物由公鸟和母鸟共同分食。

看完这个视频，使我备受震撼，泪流不止。

小时候家里穷，但不管多穷，哪怕吃的只是玉米面粥，父亲和母亲都是等孩子们吃完了再吃。如果剩下两碗，父母就各分一碗。如果只剩下一碗，父母就你推我让地共同吃。

虽然那时穷，但父母对我们的爱一点儿都不少。

长大后，偶尔听到熟悉的少数人抱怨父母，说小时候生活多苦多苦，而我，从没抱怨过。父母生我，是一种莫大的恩典。父母养我，也同样是一种莫大的恩典。

现如今，每当看到瘦弱的母亲，虽然在我很小的时候的记忆中，她一直都这么瘦，但是我的心像刀割一样疼。我一直认为，她的瘦绝不是天生的，因为她从小生活在当时来说算是比较富裕的家庭。我外祖父母把她当作心肝宝贝一样疼着护着长大。我想，她的瘦应该从嫁到我们张家开始的。我父亲幼年丧父，当年家贫如洗。我外祖母之所以做主把我母亲嫁给我父亲，就是因为我父亲人品特别好。

母亲一辈子吃苦耐劳，勤俭持家，直到现在，依然如此。大概就是她们那一代人特有的性格和品质吧。

我姐和我弟出于孝顺，有时跟母亲着急："给您买啥您就吃，怎么老是舍不得吃？"我姐和我弟的孝心，母亲心里很明白，但她还是分着每次吃那么一点点，那些好吃的也常常因为她舍不得吃最后坏了，只能被迫扔掉。其实，我很能理解母亲，一辈子舍不得吃舍不得喝。

还有就是母亲穿的衣服。我每次见到母亲，都看她穿着旧衣服。我姐我弟他们，包括我，都没少给母亲买衣服，但她只有走亲戚随份子时才偶尔穿一次。我问母亲缘由，母亲说："人老了，穿得干干净净的就挺好，用不着穿好的。再说了，孩子们赚钱都不容易，孩子们自己都有孩子，都有负担。"

大约自十年前起，母亲就给我们定规矩，以后不许给她买衣服，说她的好衣服已经很多了，说让我们攒钱好好培养子女。

看了此视频，再次感动得热泪盈眶，更加思念母亲。母亲为了张家，一辈子体重都只有几十斤。不是她胖不了，而是她辛辛苦苦舍不得吃喝所致。也不是她不爱吃好的，而是她怕吃完了孩子再花钱给她买。不是她到老了还舍不得穿好衣服，而是她要让儿女把更多的钱留着培养下一代……

母亲哪，感恩您——我伟大的母亲！您的小女儿一定谨记您的教诲，努力争上游，为张家门上增光添彩。

蝉

孩提时，我常常爬到树上，从不捉蝉，而是为了与蝉更亲近一些，聆听蝉放声歌唱。也正是从那时起，我与蝉结下了不解之缘。

夏日，骄阳似火，滚滚的热气烤得大地昏昏沉沉。而蝉，则在枝头知了知了声嘶力竭地大声鸣叫。也许，在别人听来，那声音是非常的刺耳，这或许就是人们对蝉的共同评价吧。然而，在我听来，似乎感觉蝉正在与谁争锋！

幼时家境贫寒，我感觉自己犹如肩负着一种使命在生活着、拼搏着、奋斗着，要以足够的勇气和付出去战胜贫穷与艰难。因为穷，家中连一块像样的镜子都没有，无法看清楚自己真正的模样。更谈不上去照相馆拍照，即使有人免费给拍照也不敢拍，因为衣衫褴褛，瘦骨嶙峋，就算拍下来也只不过如同干树枝上挂着一身七孔八洞的衣裳。

那时，虽然害怕拍照，其实内心深处还是想拍照的。平时常从村中长辈的口中，得知自己是个俊丫头，所以连做梦都想拍照，想把幼时俊俏的小模样记录下来。无奈，梦想未能实现。

成长过程中，经历了数不尽的坎坷，虽曾仰天叹息，但依旧勇敢向前冲。长大后学诗，从诗中获得了真谛。唐代李白《行路难·其一》写道："长风破浪会有时，直挂云帆济沧海。"要坚定信心，乘风破浪的时候一定会到来，到那时，我将扬起高帆，渡越碧海。唐代黄檗禅师的《上堂开示颂》中的："不经一番寒彻骨，怎得梅花扑鼻香。"使我受益匪浅。是的，倘若梅花没有经受住一次次冻入骨髓的寒霜之苦，怎么会有沁人心脾的花香？唐代刘禹锡的《杂曲歌辞·浪淘沙》中的："千淘万漉虽辛苦，吹尽狂沙始到金。"说的真是经典！千遍万遍地过滤泥沙虽然辛苦，但只有淘尽泥沙，才能看到闪闪发光的真金。《警世贤文之勤奋篇》："宝剑锋从磨砺出，梅花香自苦寒来。"实乃点睛之笔。宝剑只有经过不断的磨砺，才能有锐利的刀锋；而梅花则是由于熬过了冬季的苦寒，才能散发出别具神韵、清逸幽雅的"着意寻香不肯香，香在无寻处"的暗香。

这些描写人生挫折，历经苦难，最后取得成功的诗句，深深地激励着我、鼓舞着我，使我在不平坦的道路上走出了平坦大道。

记得法国著名作家法布尔在他的小说《昆虫记》中关于蝉有这么一种描述：四年的地下苦干，换来一个月在阳光下的欢乐，这就是蝉的生活。思及此，我不禁感叹，人们不应该厌恶蝉歌声中的烦吵浮华，因为，蝉掘土四年，终于才可以在温暖的日光中沐浴着那种钹的声音能够高到足以歌颂它的幸福与快乐，然而，那长达四年在黑暗中的苦苦挣扎，又有谁能理解蝉的苦楚呢？

读了法布尔在《昆虫记》中关于蝉的描述，再回忆起自己坎坷的经历与奋斗历程，我想，这不正是蝉的真实写照吗?!

于今，年过不惑的我，常常以蝉在炎热的夏季歇斯底里鸣叫的干劲鼓舞自己、督促自己。在生活中，不管遇到什么过不去的坎，都要咬紧牙关挺过去。我常常想，蝉那么小，为了光明，都能在黑暗中坚持四年。更何况，我一个身高一米七几、体重140多斤的女汉子，又何以足惧呢？

小小的蝉，它在黑暗中苦苦坚持了四年，当它终于迎来了属于它的光阴时，它定会尽情地享受着属于它的光明和快乐，于是乎，在阳光下，它尽情地放声歌唱，它歌唱它的喜，也歌唱它的悲。而我想，蝉的这份光明和快乐不也同样属于我这朵“香自苦寒来”的梅花吗？

记得小时候，母亲曾跟我说：“要学习蝉的品质，持之以恒、坚持不懈、立身高洁！”人生像蝉，在泥土中拼搏，成长，一旦蜕壳，有雨露清汁的滋润，也会飞向枝头，唱响生命的交响曲！

相思还靠乡味医

大约五年前起，我每顿饭主食只能吃得下一小碗米饭，吃什么也不香，有时忙得一天不吃饭也不知饿，我知道，自己病了。

这一病，病得真的不轻，且无可救药，哪怕泡在药池里，也医不好。因为这是相思病，世上哪有治疗相思病的药？踏破铁鞋无觅处！

大学毕业时，风华正茂，父母苦口婆心劝我在家乡找个稳稳当当的工作，轻轻松松地生活，然而，那时年轻气盛的我，非要独立闯荡，妄图成就事业。在外这么多年来，几乎四处碰壁，牙齿掉了往肚里咽，把艰难苦恨放进锅里煮，人前笑，人后哀。

受尽了千辛万苦，擦干了辛酸的泪水，继续拼搏，继续奋斗，把自己当成女汉子，让自己不断坚强、不断成长。

白天忙忙碌碌无暇想家，到了夜晚，四处俱寂，累了一天的我睡意全无，因为，我想家了，想故里的亲人，还想故里那片热土上的一草一木、一山一水。想听故里小河那潺潺的流水声，更想观看那小河里鱼儿游动的可爱的身影。

日复一日，年复一年，尤其是随着年龄的增长，想家成为一种钻心的痛。我常常在思念中辗转难眠，我总在感怀中泪湿衣衫。很快地，我由于对家太过思念而形成了想思病，经常茶不思，饭不想，夜不寐。

近年来，我怀疑自己得了厌食症，因为即使是山珍海味也引发不了我的食欲。有好友建议我去医院做个检查，查一下是不是胃部有什么毛病。人家是善意的，我只能应允了，但一直没有去医院检查，因为我知道，我是太想家了，我想吃家乡的饭菜了。

知女莫如母，然而，我从小到大，更知我的是我的长姐，她疼我、爱我、知我，她知道我一个人在外的难处和心酸，最让我感动的，是这么多年过去了，她还记得我从小爱吃什么。端午佳节前夕，我姐安排她的女儿（我的外甥女）快递给我发过来我从小到大最爱吃的食物，这是我舌尖上的美味，这种美味，花多少金银财宝也买不到，这种情深，即使倾尽五湖四海水也难描。

拆开亲人邮过来的快递，放上少许在水里泡一泡，洗净，用刀轻轻地切细，锅加热，放上花生油，油热了，放进自己种的葱和蒜炝锅，把亲人邮过来的爱心美食放进去，立刻，那种纯天然的清香扑鼻而来。

美食出锅了，盛上一碗大米饭，越吃越香，不知不觉中，两碗大米饭下肚了。

相思还靠乡味医！因为，这种乡味里，满是浓浓的故里亲人们的爱！

挺过来

一年，说起来或漫长或短暂，或快或慢。对于幸福的人来说，一年是短暂的，也是很快的。而对于不幸福的人来说，一年则是漫长的，正所谓“度日如年”！

这一年，对于我来说，是在拼搏劳碌中度过的。很显然，时间是漫长的。

2018 年 4 月，我被查出患有脑瘤，当时感觉天一下子塌了，我突然之间说不出话了，腿软也走不了路了。我扶着墙壁挪步到医院长廊的座椅上，没有眼泪，只有悲叹，我并不怕死，只是担心自己死了，年幼的女儿怎么办？年迈的高堂老母如何忍受白发人送黑发人的煎熬？正在苦思中，手机响了，拿出一看，是小女打来的。由于医院呼叫诊号的声音很大，怕她知道我在医院查病为我担忧，我挂了电话。一看时间，午饭的时间到了，而我还在那里傻坐着，我是多么多么地恨自己是一位不称职的母亲啊！

我吃力地从座椅上站了起来，刚开始还是走不了路，但凭借坚强的意志，我终于勇敢地迈步。我是一位母亲，不管是健康还是疾病，都应该照顾好自己的孩儿，义不容辞！一、二、三……我一步一步地走出医院来，坐车回家。

临近家门口前，我打起十二分的精神，出于母亲的职责和本能，我必须把最阳光的一面展现在我的孩子面前，让她在快乐之中成长。

进了家门，小女赶快迎了上来，问道："妈妈，我给您打电话您没有接，是不是身体不好去医院啦?""你妈妈是女神女汉子，怎么会身体不好呢?"我笑呵呵地对女儿说。

三下五除二，赶快做饭，别把孩子饿着。饭做好了，我端着一小碗粥陪着女儿一起吃饭。"妈妈，您为什么不吃米饭和炒菜?"女儿问道。"嗨！妈妈不饿，回家前嘴馋，买了一碗牛肉板面吃了，现在不饿了。"我说完，依旧笑容满面地看着女儿吃饭，心里酸酸的。女儿是我的命根子，我愿意为她付出一切，甚至生命！

时间在一天一天漫长地度过，我每天拖着病体在拼搏，不为自己享受，只想力所能及地让女儿过上幸福的生活。白天上班，夜间熬夜给人打印小说，每夜只休息四个小时。我常常想，只要有一口气在，就要拼搏，只要多活一天，就要给女儿多一天的母爱！

女儿读初三了，数学是弱科，为了让她将来学业有成，我给她报了数学一对一辅导，一课时 400 元钱，钱不够借，也要培养女儿。女儿也争气，很拼很拼，数学成绩有了显著提高。

为了凑钱给女儿交培训费，去年过冬时家里没有交取暖费，夜间铺两床褥子盖三床被子睡觉。吉人自有天相！三九严寒何所惧?因为心里充满了阳光，一个冬天都没有感冒。冬天来了，春天还会远吗?只要你心里充满阳光，充满希望，就没有过不去的坎坷荆棘!

有其母必有其女！女儿聪明伶俐，乖巧可人，也很拼搏，有远大的抱负，她是我的骄傲与自豪!

经历了无数的风风雨雨，虽然磨难重重，但看到女儿的成长与进步，我心里充满了阳光，最终战胜了病魔，挺过来了。

奶　娘

题记： 人与自然相依为命，所以要感恩自然万物的赐予，从大地到一草一木。

我老家的老宅院中有一棵老树，一棵遮盖了半个院子的老枣树。每年夏天炎热的中午，全家人聚在树下乘凉、聊天、吃午饭，听着树上宛如音乐的鸟叫声，浓浓的惬意，满满的幸福！几十年过去了，老树还是那样挺拔，那样茂盛，那样生机勃勃。可当年树下的孩子们却早已南北东西，不再有叽叽喳喳、吵着闹着的场面。想象得到，苦守在老宅的白发苍苍的妈独坐树下，看着远方，一定在思念那些绕膝淘气的儿女们。

这棵枣树是爸和妈结婚时种下的，树苗是妈从娘家带过来的，是一份嫁妆，也是一份纪念。妈生在枣花村，村里的枣子远近闻名，每个从枣花村出嫁的姑娘，都可从村里带走一棵枣树苗。

我出生后，是枣树产枣的季节。妈营养不良，身体瘦弱，奶水少，是小米捣碎的枣子粥把我养大的。我懂事后，妈常指着那棵枣树对我说："那是你的奶娘！"

这棵树也是一棵亲情树、一棵扶贫树，贫苦的乡邻们没少得到她的温暖，她的甘甜。

小时候，我家穷。陪伴这棵枣树的，除了这低矮的院墙，风雨飘摇的土屋，还有我们善良贫穷的一家人。

枣树屹立在院子里，每日迎着朝霞，送走夕阳，风吹雨打，日复一日，皴裂的树干上记载着岁月的沧桑，见证着我们这个农家小院的喜怒哀乐。

这棵枣树生命力非常顽强，从不用给她施肥、打药、浇水、整枝，因为树皮厚而粗糙不怕羊啃猪拱禽啄，不管地薄天旱就那么顽强地生长着……结的枣当然是纯天然绿色无公害的尚品了。

谷雨过后没几天，枣树就抽绽新绿，叶柄上结满米粒一样的小花，花儿释放出来的香气乱跑乱撞，使整个院子都洋溢着芳香气味儿。这时候，百米小院儿就是枣花的天下了，那种甜甜的、淡淡的、浓浓的、隐隐的清香，伴着嗡嗡嗡的蜂鸣，让人感觉当了一回神仙。

夏末秋初，枣已半熟，稀疏的树叶无法遮挡住累累硕果，弯弯的枝上挂满了无数颗肥硕的果实，在阳光的照射下，闪着迷人的光泽，像颗颗宝石一般的光彩动人，又像颗颗玛瑙，晶莹剔透，还像天上密密麻麻的星星，不时地眨着调皮的眼睛和我们打招呼呢。

弟弟说枣儿像小灯笼，我说不像，枣儿就是枣儿。到了中秋节，枣儿又被阳光涂抹成了红色，一经树叶衬托，放眼看去，简直就是悬在半空的一大块翡翠镶嵌着无数颗红红的宝珠，微风中流光溢彩，美得让人心醉。早晨起来，走在树下，禁不住伸手摘一颗带着露水的枣儿，放进嘴里咬一口，嘎嘣脆，浓郁的枣香在嘴里弥漫。

打枣的过程很是热闹。爸爬到树上 ，摇晃树枝或者用竿子击打，枣儿纷纷落下，发出噼里啪啦的声音，像是放鞭炮。妈拿着大盆子在树下接枣，我和弟弟在地上捡，常被枣儿击中了脑袋，咯咯咯咯……笑个不停，仿佛是撞上了喜运。欢声笑语与红枣簌簌落下的声音汇成一曲快乐的交响乐，飘满了一院子，连墙头上的狗尾巴花都高兴得摇来摇去。

最难忘的，是小时候外祖母踮着小脚给我打枣吃的温馨场景，历久弥新，大约这就是乡愁或思乡情结吧。哦，老枣树下的斑驳流年；枣啊，寄托了多少代人的悲欢离合啊。

那次我回家看望妈，临走时，妈摘一些枣让我带走。儿行千里母担忧！枣是甜的，甜里带着蜜。这么多年在外，妈一直牵挂着我，如今我又要远行了，妈要让我带着甜蜜出发，奔向美好。

抬头望去，树上挂着零星的青枣，顽强地坚守着，像孩子恋着妈舍不得离开。

我走上前去深情地拥抱我的奶娘，感受她怀抱的温暖，倾听她对我爱的叮嘱……

妈说，这棵枣树是咱们家的根，你们兄弟姐妹从这里奔向四面八方，终要落叶归根的，我一定要替你们看护好这棵老枣树，在老枣树下，等着你们归来。

爸离开了这个世界，妈也已年过古稀，两鬓银霜，身子佝偻，瘦骨嶙峋。可我的奶娘——老宅的那棵枣树，即使经历了无数次风吹雨打，依然坚挺在老宅那片土地上，仍然是那样茂盛，那样生机勃勃。

我思念老宅的那棵枣树，不忘是她奶大了我。远在千里之外的我，常常打电话嘱咐在老家的弟弟多为这棵枣树施肥、打药、浇水、整枝，要像孝敬爸妈一样孝敬她。

我常在梦里化为一只小鸟飞回到了家乡，站在老枣树下，享受着枣花的阵阵清香，享受着奶娘的爱……

外祖母心中的鸟巢

题记：外祖母的人生经验，是爱和善的交织。

外祖母所居堂前，有竹柏杂花，丛生满庭，众鸟关关，于树上筑巢。

外祖母最厌恶虐杀生灵，严禁家人捕鸟取卵。春天，幼雏新生，母鸟最怕的是天上飞的老鹰和地上爬的蛇鼠，这些东西惯于攫取巢中的卵和幼雏。母鸟在这里巢居过几年后，相信这里的人们不会加害于它时，便渐渐把巢筑到低枝上来，因为低枝近人，可以受到人类的庇护，吓退入侵的鹰蛇。

外祖母家园子里，鸟巢低得小孩儿都可俯身而视。小时候，我常年在外祖母家居住，就经常和小伙伴们去观察幼鸟的动态，找些食物来喂它们，看到小家伙们张嘴接食，牙牙乱叫，乐得我拍手乱蹦。

外祖母姓王，大家闺秀，自幼深受儒家思想教育，儒家教人要“推己及人”，这种人道主义的精神教养，再进一步就是要爱及同为有生之伦的大地上的其他物种。

记得我小的时候，就听外祖母说过，闺女找婆家，儿子找媳妇，不用看生辰八字，只看这家堂前树上有没有鸟儿筑巢就可以了。只有慈善之家，堂前树上才会有鸟儿筑巢。门庭只要慈善，即使暂时贫困些，一遇时机便陡然而起。

长大后 ，我曾问过外祖母：“当年张家穷得叮当响，您为什么要同意把我妈嫁给我爸爸?”外祖母说：“我亲自到张家来看了，虽然房屋破烂不堪，但房前树上鸟儿筑了好多窝 ，而且好几只小鸟在地上自由嬉戏，见陌生人来也不飞走。”足以说明这家人的人性之善良，心地之美好，家风之纯朴，家规之端正。女孩儿来到这样的人家会得到良好教育、影响和发展的。外祖母的一番言语实属高瞻远瞩，远见卓识，有理有据，真是让人心悦诚服。后来我惊喜地发现，正如她老人家所说，自从母亲过门以后，这个小家庭似有了新的生机，开始蒸蒸日上，全家人出来进去，喜眉笑眼儿的一团和气。

外祖母也因自己正确的逻辑推断而感到十分欣慰，看上去似也年轻了许多。

谁言寸草心

春节期间去朋友家做客，我怀着感激之情品尝了一桌丰盛的午餐。席间，朋友孩子的诗朗诵引起我对母亲的思念。

朋友的儿子刚刚四岁，他跟我说：“阿姨，我会背诗，给您背一首行吗?”“哦，太好了，背一背吧!”我说。

“慈母手中线，游子身上衣……”那小宝贝流利地把《游子吟》这首诗背完了，我在对他啧啧称赞的同时，不禁想起我那远在千里之外的母亲。

我很小的时候，就记住了母亲为家庭操劳的身影。那时父亲身体不好，勤劳善良的母亲独自承担着养家糊口的重任。家中八亩多的承包地，所有累活、脏活都是母亲独自去扛，无情的锄柄把她的双手磨出了茧，冷酷的扁担磨肿了她的双肩。夜晚，孩子们早已进入甜蜜的梦乡，而母亲却挑灯缝补一家老小破旧的衣衫！发现这一幕，是因为那一次我夜晚发高烧难以入眠，可我不忍心向辛苦了一天的母亲诉说。我很庆幸自己因生病难受而看到了让我感动一生的画面！

记得有一次，我连续两天发烧不退，劳累了一天的母亲连夜用小拉车把我拉往城里的医院救治。十余公里的路途中有一半是土路，白天刚下完雨，泥泞的道路上，伸手不见五指的夜晚，母亲一边艰难地拉着车行走，一边深情地呼唤着我的乳名。当时病得几乎奄奄一息的我，连开口回答的力气都没有。多少次，母亲误以为我已经不在人世，把小拉车停下来，失声痛哭。当母亲把手轻轻地放在我的嘴边，发现我还活着时，她又拉着小拉车继续前行。当母亲把我拉到城里医院时，大夫说没救了，我在迷迷糊糊中，听到母亲扑通一声跪倒在地上，苦苦哀求道："大夫，我求求你，一定要救我孩子的命。求求你，求求你……"最终，我的那场大病得以医治，待我病好后，母亲却病倒了。

记得还有一次，我和村里几个要好的小伙伴玩"老鹰捉小鸡"的游戏，当我们几个小孩子玩得正起劲儿时，我脚下一不留神，摔倒在地，左胳膊受了伤。当我把事情的原委如实地告诉母亲后，一向严厉的母亲并没有责备我，而是把我紧紧地搂在怀里。母亲去村里东拼西凑借钱，尽管医院尽了全力，但最终我左胳膊还是落下了残疾。为让我早日康复，母亲白天去地里干农活，晚上教我做康复训练，一直持续了许多年。母亲坚强的身影早已在我的心中留下了深深的烙印。

我读高中和大学的几年里，家中生活困难，母亲节衣缩食供我读书，直至毕业。如今，我早已经长大，而母亲也已两鬓霜雪！母亲为我、为这个家操劳了一辈子，在她的影响与激励下，我懂得并学会了坚强！我常常想，如果没有母亲的鼓励与坚持，我至今可能也无法从残疾的阴影中走出来。

母亲，您放心吧，我一定会努力前行，拥抱美好的明天。

爱之痛

每天忙忙碌碌，总是有忙不完的事情，无暇陪伴乖乖女出去走一走。

昨天，终于抽空携小女到北京旅游，可巧遇见大学同学之母，不禁感慨颇多。

提起我大学时的这个同学，至今回忆起来，只记得他比较寻常的外貌和老实巴交的为人，别的什么也记不清了。然而，对于他母亲，我的记忆倒是有一些，她咄咄逼人的眼神、一米五左右的身高、一身华丽的服饰。

当时我们班共有四十二名同学，我的这位同学是一个单亲家庭的孩子，在他幼年时，父母因感情不和离了婚，他随他母亲一起生活。

我对那位同学母亲的记忆，是从她邀请我们全班同学的一次午宴开始的。

在午宴上，她与邻桌的那些同学聊得很开心，与我所坐的那一桌同学几乎没有说话。饭后，我才得知，她邀请午宴的座位是按照城里的孩子和农村的孩子来进行区分的，我恶心得差点把吃进去的饭菜吐出来。

后来，她又邀请了我们全班同学去赴宴，我都没有去。直至毕业，我也没有再见过她。

昨天，我与小女携手在北京的南锣鼓巷闲逛时，忽然，人群中有人叫我的名字，我一愣，停下了脚步，在熙熙攘攘的人群中，一位古稀之年的阿姨向我走来并紧紧地抓住我的手。她是谁？我的大脑极速运转，突然，我想起她是我大学一位同班同学的母亲。看现在的她，一张慈祥的笑脸，一身朴素的打扮，丝毫没有了当年的模样，我关切地跟她问这问那。

我拉着她的手闲逛一会儿后，带她去饭馆与我们娘俩儿一起吃饭，她微笑地看着我们娘俩儿，我与她开始攀谈起来。

当我问及我那同学时，她失声痛哭，她说因为她总是要求儿子必须找一个“门当户对”的，他儿子出于孝顺，敢怒而不敢言，唯有顺从，到了四十岁也没有找到一个她满意的姑娘。直到儿子四十一岁那年，才违背她的意愿娶了一个四十四岁的农村出身的研究生。为此，她哭了很多天，最终同意儿子领结婚证，但没有给儿子举办婚礼……

我这人心软，见不得别人落泪，更见不得老人伤心。我拿出餐巾纸给她拭泪，给她安慰，给她拥抱 。

当她谈及自己的婚姻时，更是伤心欲绝，她说，都怪自己时不时口出恶语，嫌弃丈夫是农村出身，导致丈夫忍无可忍而离婚，两人都是大学生，都已分配了很好的工作，还谈什么出身问题？

她终于哭累了，跟我说，她最大的悲哀，就是这么大岁数了，没有孩子叫她一句“奶奶”。儿子因为她，有了严重的心理障碍，说只要婚姻，不要孩子。她说：“到老了，才知道‘门当户对’没有什么意义。”

我默默地听着她诉说，心里五味杂陈。她所谓“门当户对”的思想，导致爱她多年的丈夫无奈地离她而去；她“门当户对”的思想，导致她儿子有了心理障碍。我对她除了同情还是同情，对我的同学除了惋惜还是惋惜。

人生来平等，“门当户对”又算得了什么呢？真正的幸福婚姻，是需要双方用真心去呵护的。

爱　抚

小时候，我非常淘气，经常到村北的小河里捞鱼摸虾，为此，曾有一次差点儿被淹死。我还时不时地如同猴子一般爬到大树上玩耍，为此，曾有一回差点被摔死。这两件事后，父亲都狠狠地打了我，当时我疼之于肉体、痛之于心灵，对父亲的怨恨深深地藏于心里……

四岁那年夏天的一个上午，我母亲把我大舅家的小女儿送回家，年幼的我哭着闹着要随其前往。然而，父亲考虑到天气炎热，怕我中暑，也担心太阳公公把我那又白又嫩的小脸蛋晒黑，便把我给留了下来。

我母亲走后，父亲让大姐把我送到我祖母那儿，说是让我祖母看护我半天。我祖母爱打麻将，根本就无暇顾及我，也可能是因为她嫌我太淘气，懒得搭理我吧。她让我自己在屋里玩儿，然后她就出门打麻将去了。

对于一向淘气的我，大人们不在跟前，我当然很高兴了！嘿！我那顽皮的劲儿又来了！我立刻跑出去找村里要好的小伙伴们一起玩耍。我们那天决定去河边玩耍，顺便在河里逮一点儿小鱼小虾回家大饱口福。

到了河边，其他小伙伴都胆小害怕，唯有我冲进河中意图抓一些小鱼小虾。谁知事与愿违，那天老天爷他老人家可能不高兴了，刮着大风，水面浪打浪，我那瘦弱的小身子被大浪拍打着，求生的本能让我不断奋力搏击，但最终我被冲进河底沙泥之中。

其他小伙伴们非常理智，她们并没有下水去救我，其中有一两个迅速跑去找大人来救我，剩下的在岸边一边哭，一边呼唤着我的名字……

很快，我叔叔和一帮好心人急匆匆地赶来了。我叔叔连鞋都没来得及脱，跳进水中把我从河底救出。当时我已经被水呛得几乎奄奄一息了，在恍恍惚惚中，我听见父亲伤心欲绝地呼唤着我，紧接着我被送到村卫生室抢救。等我彻底苏醒过来后，父亲把鞋从脚上脱了下来，恶狠狠地用他那鞋底子在我小屁股上打了二十多下，警告我如果再敢下水，就打死我。

那天晚上，红肿的小屁股疼得我难以入睡，我趴在床上默默流泪，虽然我知道这次淘气确实过分，但对父亲打我的事情，无论如何都难以释怀！我平生第一次怨恨起我的父亲。

同年秋天，当时正值农村收割水稻。一天中午，父亲用小拉车拉着我去田地里拉运已经收割好的水稻。到了目的地，父亲把小拉车装得满满的、堆得高高的，用绳子拴好。之后，父亲说稻子堆得太高了，我就不能再坐上去了，以免摔着。那天，我特别听话，乖乖地在前面跑着，父亲拉着车在后面走着。过了一会儿，父亲累了，他就停下来休息。我趁父亲不注意，悄悄地爬上了路边的一棵大树上玩耍，

"淘气包"的我就像在平地上玩耍时一样，大玩特玩起来，我的两只小手在半空中划拳，同时，我那两只可爱的小脚丫也随之在半空中乱踢乱踹。突然，我小小的身体开始往下落，随着咚的一声响，我便昏昏沉沉几乎没了知觉。之后，我在迷迷糊糊之中听到父亲在撕心裂肺地哭喊着……紧接着，父亲抡起拳头对着我的小屁股无情地捶打着……

那天，我伤心至极，几月前因落水挨打的一幕再次浮现于眼前。我连续三天滴水未进，任凭父亲怎么解释。中国有句老话，"世上只有狠心的儿女，哪有狠心的爹娘?!"我从内心深处记恨我的父亲。

光阴似箭，日月如梭，曾经淘气的那个小丫头长大了，考入离家十五里的初级中学读书。由于学习任务繁重，晚上必须在学校上晚自习，再加之离家较远，因此只能在学校寄宿。上初中二年级那年冬天，农历刚进十月上旬，就下起了大雪，还刮着大风。"这么冷的天，要是能穿上棉袄多好啊!"我心想。原本厚厚的毛衣在这么寒冷的天气里早就已经让我感觉不到一丁点儿温暖。那天下午第一节课是英语课，老师安排我们进行单元测试，成绩优异的我早早地向老师交了答卷。我望着窗外的雪，坐在那冷冰冰的座位上不停地、轻轻地跺脚取暖（当时教室没有任何取暖设备，毫不夸张地说，简直就像一个大冰窖），同时期盼能穿上一件棉袄来暖和暖和我这瘦弱的身子。

突然，我听见有人敲门，英语老师闻声开门走了出去，他随手把门虚掩上，站在门口与来者说话，声音虽然不大，但我隐约能听见英语老师问那人："您好！请问您找谁?"来者说："我来找我们家的老三，天气冷了，我给她送棉袄来了。""老三？我在家时父亲是这么叫我的，咦，不会真的是我父亲给我送棉袄来了吧?”我揣测着。我静悄悄地跑到教室门口（由于我个子高，坐教室最后一排）去一探究竟。一看来者，他全身上下早已落满了一层厚厚的雪，我一下子惊呆了，来者正是我的父亲！这么大的雪他是怎么来的呢?！我的鼻子一下子酸了，眼眶一下子湿润了。父亲看见我，笑呵呵地对我说：“闺女，天冷了，我给你送棉袄来了!”我泪眼模糊地看着眼前的父亲，他的鼻子、耳朵都被冻得红红的。父亲好像看明白了我的心思，笑着跟我说：“傻丫头，我一点儿都不冷，我穿得多，不怕冷！你小时候掉进水里肠子受了重创，落下了病根儿，不能着凉……”还没等父亲说完，我早已泣不成声。那一天，父亲紧紧地把我搂在怀里，给我安慰，给我温暖，父亲的肩膀是那么的宽广，父亲的胸怀是那么的博大。

曾经，我因父亲两次打我而怨过、记恨过父亲，认为挨打是那么的委屈与不畅快。然而，长大后，母亲告诉我，我是父亲的心头肉，父亲从内心里根本就舍不得打我，每当我的生命因淘气而发生危险时，父亲最怕的就是失去我这个宝贝女儿！我一下子明白了父亲对我的打是一种神圣的爱抚！父亲对我的那两次爱抚让我终生难忘，我的健康平安成长永远是父亲的期望。父亲在风雪交加的冬天，步行十多里路给我送棉袄，给我温暖，给我拥抱！这是一份多么深沉的爱抚!

父亲已于2008年永远离开了我，至今已经十一年了。十一年来，我的泪无时无刻不在流淌，父亲对我的爱抚的暖流永远在我心中流淌!

管好自己

数月来，深感有些压抑，因为动不动要回答一些毫无意义的问题，浪费一些宝贵的时间。

其实本身人生的成长之路走得很自然，但平白无故被少数人一些“怎么”“吗”“呢”等一些纯属多余的“色彩”所累心。

这一切的发生，似乎主要跟我入省作协有关。

有些人打听到我入省作协了，虽然本身也知道我的电话，但是假装不跟我联系，而是跟他们认为不错的人说“×××入省作协了，她是怎么入的呢？她读书吗？……”于是乎，展开了各种荒谬的讨论或推测，简直是可笑至极。

如果闲着没事，自己多读读书或写写作品多好。或者发发善心，多扶持扶持一些文学爱好者成长，这也算是大善一件。为何要咸吃萝卜淡操心？

或许是要刨根究底，一门心思想知道答案，于是，给我发微信：“你是怎么入的省作协？”“你平时读书吗？”……这样的微信，我直至现在也没有给回复，不是我不礼貌不给回，是因为我实在没办法回。我若回通过自己的努力入会的，这虽然是事实，但他肯定不相信，因为在他看来，我不行。

其实，入省作协是很严格的。但我想，问我问题的那些人，头脑里最起码想的是钱或权。那就错了，大错特错！首先是入省作协只凭作品，不存在其他途径。其次，我既没权也没钱。

我认为，真正的文学爱好者，没有这些闲心去想这类似的问题。学无止境！很多书都要去读，要多读书，读好书 。何况，只读书还是远远不够的，还要去写。哪有闲空琢磨这样的问题。近期和一些师友去一个师友家小聚，被他家小区的人看到了，有的质问：“你们来这吃饭了，家里人怎么办?”瞧瞧，去别人家吃饭，他也要审查一下，一定是吃撑了。更有甚者，在楼道大嚷，说×××他们家怎么天天来人吃饭。听听，还有更撑的。

记得学英语时学过一句话：“Everyone takes care of himself. God takes care of everyone.”翻译成中文就是“人人管好自己，上帝管好大家”。把自己该做的事做好，就可以了。如果真的是想关心别人，那么在别人需要关心的时候关心一下，哪怕说句安慰的话都好。

管好自己，充分利用时间好好读书写作，发愤图强，努力做一个成功者。

致敬，我缘中的伯乐们！

我相信人间冥冥中有个“缘”字在主宰。缘是机遇相连，缘是心灵相通，缘是志趣相投。

有一句古语：缘，是可遇而不可求的。千里马得遇伯乐，就是一种缘。韩愈说：“千里马常有，而伯乐不常有。”缘到，千里马会驰骋疆场；缘未到，千里马也会终生哀鸣，老死于槽枥。引申到人才，如果遇不到名师，也许会永远平庸。当然，你首先是一块值得雕琢的玉石，才能在名匠手下闪光；你首先是个人才，才能在名师手里育为栋梁。想想兴周的姜子牙，大半生落魄，直到有缘遇文王，才能得以重用，在夕照之年建功立业，成为一代帝师。

想起我的经历，也有缘失缘至的悲喜。

小时候，我还算聪明，上学时成绩非常优秀，然而，由于过度顽皮淘气，大部分老师不喜欢我，轻则说我得了多动症，重则说我是个疯丫头。

小学时，经常被罚站在教室外面，由于被罚站时常常跑去操场上自由玩耍，老师们怕我安全出问题，就让我在教室的西北角站着听课。但无论怎么罚站，我考试成绩依旧名列前茅。

那时候，我总是把自己看作一匹千里马，我一直在苦苦地寻觅，也在苦苦地等待伯乐的出现，淘气的我对伯乐充满了无限的渴望。

当我以优异的成绩考上初中时，碰巧被分在我表舅那个班里，我欣喜万分。或许是希望越大，失望越大，我表舅很不高兴，嫌我太淘气，我的心像被针扎一样痛。因为他只看到我的淘气，而忽略了我的聪明。

在初中三年里，虽然我无数次地考了好成绩，虽然我因音质好而无数次被选为学校大会主持人，但我没有遇到伯乐。

之后，我读了高中，接受的完全是机械化的应试教育。读大学时，通过自己的实力荣登演讲与口才交际协会会长的宝座，主持、策划了许多次演讲、辩论大赛，忙得不亦乐乎，累并快乐着。

大学毕业后，参加了工作，然后成了家，过着两点一线的生活，更不敢妄想遇到伯乐。

时间如闪电般飞逝，转眼间，我已过了而立之年。不管多么忙，我都会忙里偷闲地读书、写作，我拼命地从书中汲取最丰富的营养，要用知识武装自己，充实自己，更期待伯乐的出现。

近午之年，正如千里马有志难酬，困于槽枥哀鸣之季，感谢苍天有意怜悯，我终于遇到了伯乐。我的伯乐，是一个群体，是一群惜才爱才重才荐才的“师者”，这些伯乐是香河县一批文华闪烁之士。

对香河，我恋慕已久。这里地处京辅，被称为“京畿明珠”。这里，曾发生过震惊中外的“安平事件”。这里，有荷花仙子的传说。这里，有燕国君主理政的商汪甸。这里，有传于汉代闻名遐迩的铁佛堂。这里，有太守张堪开渠建园造福百姓，功德一方。这里，李世民东征历经安平、义井，荣耀大唐。这里，土门楼、庆功台，有杨家将血染的沙场。这里，潮白河曾留下一代战神李存孝、王彦章。这里，学界泰斗张中行著作等身，享誉中华。这里，王乐亭以其金针神术，誉满中外。这里，有京剧花脸名角郝寿臣，艺夺群芳。这里，有一代乡神王二奶奶，曾德佑梓桑。这里，周凤臣老人虽死犹生，成为人体科探的宝藏……出于向往，我来到这里工作，来到这里追求理想。

几年的奔波，几年的奋斗，终于缘遇伯乐。2017 年，我遇到古诗词的引路者，是他们帮我把关，使我由一个初学者成为初通门径的痴迷者，进而又当了香河诗词协会常务副会长兼秘书长，后还当了廊坊市诗词学会香河创作基地副主任。

在我苦恼时，是他们给我安慰；在我迷茫时，是他们给我引路；在我困难时，是他们给我支持。

假如我是骏马，香河就是我奔腾的草原；假如我是雄鹰，香河就是我飞翔的天空。在这里，我向今生伯乐——香河的恩师和挚友们致敬。

拼

多少年来，历经了人生的酸甜苦辣，我从不退缩，痛苦和坎坷算得了什么？拼并快乐生活着！

两周岁时开始记事，当时我是所在的那个村老百姓茶余饭后的谈资，因为已经两周岁的我既不会说话，也不会走路。大部分心地善良的人都对我及我的家庭投以同情的目光，当然，其中也不乏极个别人家把我当成了嘲笑的对象，说张家门上有个又残又哑的丫头！

不久，父亲带我去省城一家权威医院检查治疗。经诊断，大夫说我没有任何疾病，让父亲带我回家好好等等，别着急！

父亲回家后，村里一些好心人纷纷聚集到我家一探究竟。当父亲告诉他们说我根本就没病时，众乡亲大吃一惊。“大侄子，你给孩子找一个能掐会算的算一算，看看是怎么一回事儿！”人群中一位老者突然说道。父亲平生是不相信算卦的，在他看来，那是封建迷信。但是那一天，父亲竟然听信了那位老者的话语。

经多方打听，离我家大约十五华里有一位周姓老爷爷能给看相，当地人都叫他周大师（我在此姑且也叫他周大师吧）。父亲抱着我前往。那是一位盲人，他跟父亲说："你不用担心，这孩子根本就没有病!""两周岁了，不会说话，也不会走路，到底是怎么一回事儿?"父亲问道。周大师捋一捋他那长长的白胡须，郑重其事地说："要说话不难，以后要受艰难!""那怎么办?"父亲半信半疑地问道。"年轻人，你不要着急，我有办法!"然后，周大师示意父亲把我单独放在他旁边坐着，"爸爸……"我吓得大哭起来。父亲喜出望外，热泪盈眶。那是我平生第一次叫"爸爸"。

隔了好多年，父亲说这段经历，我才知道，这算命先生懂得心理学，知道人在无助下会激发潜能，急或音通。他知道我的家庭状况，在谷求生、求上，艰难是必然的。

自五岁时起，我就开始拼了，随着外祖母风里来雨里去地卖菜谋生，我拼哪、拼哪，拼命地种菜、拼命地卖菜、拼命地读书。和同龄人相比，家境困难，只有加倍地拼，才能受人重视，蒙学中古代少年励志故事激励我拼。命运，命运，命或许不能自我掌握，运只有靠自己。命不由己运由己。拼搏改变命运。一生的不甘心，才有一生的拼搏!

外祖母的艰辛向上，与困难做不屈的斗争，对我是一生的激励!

七虚岁时，我因不小心摔伤了胳膊而落下了残疾，我绝不允许自己是个残疾人，于是，我又开始拼了，拼命地做康复训练，每天都坚持到夜深 11 点多，这种康复训练一直持续了近 20 年，后我终于得以康复。

读高中的三年里，我更拼了，拼命地学习各门文化课，拼命地省钱买书。三年高中，唯一吃的一顿美食是鱼汤泡米饭。一双极其寻常的白球鞋伴我走过了高中三年的春夏秋冬，晴天，我把鞋穿在脚上，雨雪天，我把鞋拿在手中，赤裸着双脚行走着。没有雨伞，没有雨靴，我拼了，与空中的雨拼，与路面上的泥水拼。

2004年我剖宫产生女儿时，术后我疼了三天三夜无法忍受，我拼了，我与疼拼，我与痛拼。

如今，我已年过不惑，我还在拼，拼命地工作，拼命地读书写作。今后，我还将继续拼下去，只要有这颗执着的心在，我就要拼！

谢谢你懂我

一个人的内心即使再强大，也需要慰藉。如果能够遇到懂你的人，更是莫大的希冀，因为，有心能明，能最好地倾诉心语，殊不知，这是最大的福祉。

我是个幸运儿，今生今世，遇到了你，更幸运的是，遇到了懂我的你。

当我的人生处于低谷时，遇到了你。你用你那颗真诚、善良的心温暖着我，给我慰藉，给我帮助，给我关心，给我鼓励。

其实，人在逆境时，更能看得清，谁泼的是冷水，谁捧的是思念。你就是那个在我逆境时捧着思念的人，你时刻都在牵挂着我。因为我知道你懂我，你也相信在我为难时你伸出援助之手，我便会知恩报恩，奋发图强，前进不止。

谢谢你懂我，你的暖心早已融化了我心中的冰冻。我是这个世界上最最幸福的人，只因为你懂我。你是懂我的人，我的一句话、一个动作或者仅仅一个眼神，你就明白我所表达的意思。我与你，你与我，因懂得而默契，因相知而相惜……

谢谢你懂我，你是真正懂我的人，你虽然很少当面赞美我，然而在你心中，你肯定我是最棒的。每当我忘记回复你的微信打算向你解释并道歉时，你总是笑着说："不用解释，我知道你忙。"每每如此，我感激万分。一代诗人李商隐曾留下"心有灵犀一点通"的名句，而我却要跟你说："心有灵犀，不点自通。"

我只在你一个人面前流泪，因为你懂我的苦，你还懂我的累。你虽然没有过多的话语，却早已懂了我的心。你总告诉我不要胡思乱想，因为你是我在黑暗中广袤无垠的大海上那盏闪烁的明灯，任由惊涛骇浪，我依然从容，奋勇向前。

任何一件事情，我只对你说一遍就够了，因为你懂我。你是真正懂我的人，有时我因为太忙，与你很久不能见面，你从不打电话问其原因，因为你知道我忙。即使打电话，也只是叮嘱我多注意身体。

谢谢你懂我，你是真正懂我的人。你从不会轻易地把自己脆弱的一面展现给我，因为你怕我伤心，怕我落泪，怕我担忧，怕我饮泣。你总会尽你最大的努力来保护我、帮助我。

谢谢你懂我，你是真正懂我的人。你也会在你最最无助的时候想起我 ，你不是想要我帮你什么，只是希望我不要担心你。

谢谢你懂我，你是懂我的人。你懂我的欲言又止，当所有的苦楚被我的微笑掩盖时，别人只知道我的笑，而你，却心疼我微笑背后的悲伤，因为你懂我。

感恩阳光

自很小的时候起，我就对阳光充满感恩，这是从外祖母的教导中感知的。

外祖母说："我们应该感恩阳光，因为有阳光照耀着、滋养着，我们和万物才能生长。"我噘着小嘴巴，满目狐疑，似懂非懂。从那之后，我逐渐地对阳光产生了好感，每当跟着外婆在田间地头干活，望着那郁郁葱葱的玉米和水稻，我便期盼着秋天的米稻盈仓。

六岁时，三九天里，我随哥哥姐姐去野外捡柴火，寒冷的西北风无情地把我们仨的手冻肿冻伤。万分欣喜的是，有阳光照射着我们的脸庞，汩汩暖流在我们心中流淌。我们拉着装满柴火和阳光的小拉车，怀着丰收的喜悦，一步步奔向家的方向……

十五岁时，酷爱读书的我，一件早已褪色的花布小褂，在阳光的照耀下美丽得举世无双。因为心里有温暖的阳光，那破旧的衣衫仿佛成了最为华美的盛装。

读大学时，我只想做一个快乐的读书狂。我每天早起，手捧书本，面对日出东方，仿佛朝霞就是我的锦裳。我那万般欣喜的一颗心哟，远远赛过吃了蜜糖。

人生五味，坎坎坷坷，就像歌词所言：“生活就像爬大山，生活就像蹚大河……”起起落落，磕磕绊绊。然而最公平最无私的，还是阳光。不管你是贫穷，也不管你是富贵，阳光都会眷顾你。当你处在低谷时，只要你坚忍不拔，只要你勇敢地去面对，阳光都会照在你的身上。

亲爱的朋友，让我们一起感恩阳光，拥抱阳光，热爱阳光吧。它不仅能够给你光和热，还能够使你充满信心，充满希望，充满力量。即使这个世界抛弃你，阳光也不会把你遗忘。

基因的力量

我父亲出生在战乱年代，极其贫困的家庭，连吃饭都是一大难题，更别说上学了，甚至连一张纸、一支铅笔都买不起。

每天去田间地头干农活儿，想方设法解决兄弟姐妹四人的吃饭问题，这是我父亲的使命！

父亲酷爱读书，渴求知识，远远甚于每天能吃饱喝足。他原本在 11 岁时，就已经读了四年书了，但自从他家庭败落——祖母与父亲相继撒手人寰后，对于他来说，如果想继续去学堂读书，那简直是痴人说梦了。

那时，父亲只能利用干农活儿的闲暇时间去学堂窗外偷听，买不起笔墨纸砚，就用小树枝在地上写写画画，他求知的一言一行、一举一动被学堂的教书先生察觉，那位教书先生深受感动，让他去屋里听课、学习。对于来之不易的学习机会，我父亲倍加珍惜，同时也对那位教书先生非常感激。

父亲如饥似渴地学习文化知识，没有笔，没有纸，他就用手指在半空比画，聪明的他在很短的时间内学会了许多汉字。

那位学堂的教书先生姓李，叫李广泽。他为我父亲提供了进步的阶梯，我父亲尊称他李先生，他是我父亲求知路上的大恩人！他不仅仅教给了包括我父亲在内的许多学生们文化知识，还让自己那颗善良的心普照着那个小村庄的每一个角落，他不仅仅教给孩子们能文识字，更以自己的实际行动，交给孩子们去爱，爱自己的师长，爱自己的祖国与人民。

在李先生的鼓励下，父亲开始了他的梦——求学梦。繁重的农活儿丝毫没有压垮他那瘦弱的身子，他忙里偷闲去学堂听课，他想贪醉在知识的海洋里，尽情地遨游。

在那艰难困苦的岁月里，父亲认识了一千多个汉字，而且每个字都会用手比画，但几乎没有亲自用笔写过多少，因为他没有笔和纸。李先生虽然曾给过父亲笔和纸，但父亲把笔和纸让给弟弟妹妹学习用了。

听我母亲说，父亲和她结婚后，一直还是坚持学习。只要见到有字的纸，父亲就会像见到宝贝似的格外珍惜，学习的方式还是老样子，用手指在半空比画，或用小树枝在地上写。父亲对母亲说："等咱们的孩子到了上学年龄，不管多难，咱们一定要让孩子上学。"

待我上学时，如果有哪个不会写的字，父亲就给我比画，按照字的笔画不厌其烦一遍又一遍地用手指在半空比画。看着父亲，我下定决心要好好读书，圆父亲的求学梦！

我小时候喜爱玩泥土，把干燥的泥土用水浇湿后捏成多种小动物，比如捏小猪、小猫、小狗。父亲在一旁看着我玩，微笑着。

五岁那年的一个下午，父亲问正在玩泥土的我："宝贝儿，你想看看爸爸写的字吗?”我高兴地欢呼起来。

父亲用铁锨铲了一些泥土，铺平，随手拿过来一根树枝，便开始写起字来。我蹲在地上，托着小下巴，目不转睛地观看。不大一会儿，父亲便写完了。“来，念一念，看爸爸写的什么。”父亲说。我站起身来，父亲工工整整的一行字映入了我的眼帘。

“一定要做文化人。”我大声念道。父亲抱着我，语重心长地说：“爸爸少儿时丧父，家庭困难，没学什么文化。你长大后一定要好好读书，做一个文化人。”

父亲一辈子都在学文化，自家中有了《新华字典》后，父亲学习的劲儿更足了。不管忙了一天多累，父亲晚上都要学习汉字。父亲的学习计划定得很现实，父亲说学习要循序渐进，不能揠苗助长。他每天就学三个对于他来说比较难的字，他把这三个字的拼音、含义、笔画顺序、偏旁部首、组词、造句都反复地学，学深学透。

父亲的求学梦，一直在激励着我，鼓舞着我，使我在求学路上不断成长，不断进步。于今，我已过不惑之年，仍然在坚持学习，从未间断过，即使是累了病了也没有停止学习。

梦是理想，是旗帜！一定要做文化人，这是父亲的求学梦，也是我的求学梦！

笑对生活，放宽心态

朋友，不要动不动就着急上火，要保持良好的心态，心态好了，才能健康自在。

有人或问：“烦恼事一件件打包而来，你怎么才能轻松应对，总是想得开？”答曰：“跳跳舞，听听曲，快乐自然就来！”也有人问：“你如何面对那么多磨难，诀窍何在？”答曰：“唱一唱，笑一笑，磨难马上就走开。”

有一个痴情的女子，她很美丽，也很可爱，很受男子青睐，追随者众多，数都数不过来，而她，偏偏爱上了一个不爱她的男孩儿，于是，她哭得死去活来。试问那女孩儿：“知否，知否，感情需要互相爱？你跟他不是梁山伯与祝英台！”来吧，可爱的女孩儿，何不听我劝一劝，一准儿是人生观，或爱情观出现了问题，滞后了这个时代。可爱的迷途的女孩儿，何不幡然悔悟，赶快调整心态，届时会有很多优秀的异性青年，争爱你这美丽纯真的女孩儿。

其实，幸福的实质就是一种心态。你嫁了一个你不爱的男子，你觉得你不幸福，其实你错了，因为他爱你，每当他看到你，他的心就会像花儿一样开。每天，你不用告诉他你想吃什么，他都会做你最爱吃的饭菜。你娶了一个你不爱的女子，你觉得你不幸福，其实你错了，因为她爱你，为了让你安心工作，她做了全职太太，替你孝敬父母，独自照顾小孩儿，你美滋滋地吃着她亲手为你做的饭菜，她默默地坐在一旁，给孩子喂奶。

放宽心态，静下心来，平下气来，平静地对待一切，不攀比，不嫉妒，不张狂，不自卑，既不妄自尊大，也不妄自菲薄，始终保持坦然、豁达的心胸，才能忘记名利，才能忘记怨恨，才能心情愉快。人的寿命，即使再长，也长不过春夏秋冬；人生的路，不管多广，也越不过东西南北；人生的无常，纵使再多，也无非就是悲欢离合。在你痛苦的时候，有人疼；在你受伤的时候，有人懂；在你委屈的时候，有人抱；在你柔弱的时候，有人靠；在你需要的时候，有人助。生活不简单，尽量简单过。人生不完美，尽量完美活。

亲爱的朋友，只要你放宽心态，挥挥手，跟烦恼说“再见”。你很快就会笑起来，人间美味有多种，烦恼不是你的菜！

相信自己

不管你的人生有多少苦难，也不管你的前程是多么的暗淡，哪怕是毫无光泽，哪怕是一败涂地，你一定要相信自己，你心中永远燃烧着一团火焰，要深知付出就有希望，要笃信成功在于努力，终有一日，你一定会收获成功的欢喜。

不管你曾多苦，不管你曾多累，你都处之泰然，因为你悟透了深奥的人生，因为你找准了非凡的自己。在你处于低谷时，你要奋力攀爬；在你处于巅峰时，你要审慎处世。不管你摔了多少跤，哪怕是已血流满地，你既不要气馁，也更不要哭泣，从哪里摔倒了，就从哪里爬起。只要你奋斗不止，就一定会在高峰屹立。

有人或问："那么多坎坷向你蜂拥而至，为什么总是没能压垮你?"答曰："人生就意味着拼搏，哪有向磨难低头之理?!"于是，不管酷暑严寒，也不管雷电雪雨，我总是昂扬竞进，确保永不停息。

不妨你试一试，每天你早起，对着镜子笑一笑，你一定会看到开心的自己，这就是一天快乐的开始。梳洗完毕，坐在书房里，朗诵一首诗，你一定会发现，诗中那个美好的少年，就是多情的成功的你。相信自己，你一定可以；相信自己，你有足够的潜力；相信自己，你一定会取得骄人的成绩。美好的未来在向你招手，幸福掌握在你自己手里。

从粽子说开去

粽子溢香，香飘四方，乘着银镰，乘着机声，飘向沃野，遍布神州，或南海，或北疆……

于是，我的思路在拓宽，我的思想在奔放，我的思涛在汹涌，我的思绪在伸张……

于是，我在叹求；于是，我在思考。谁能与我心同肝胆？谁能与我把抓柔肠？

啊——我深爱的潮白、运水哟，你定会如我之愿，连同那粽子的奇香，流入那遥远的、遥远的汨罗江……

据说，这里还有政治，还有家国情怀以及利索名缰。我曾向运水发问，我也曾质询潮白，你们终究会与汨水相遇，难道——难道，你们就没有某种灵思在闪光？

据说，水，是经过热神，从大地移向穹苍；据说，又经雷电幻化，分布到各地与湖泊，激流海江——但——你们定能相会，你们定成泱泱，你们应属于伟大一族，你们的作为定也辉煌，善之善以至上善，名可名几胜贤良？历代歌咏者众，不乏美妙声腔，汝能载舟，如何不能载动《离骚》《九歌》《九章》，还有我们的诗祖——

屈郎？

腐朽昏聩的社会，忠奸不辨的怀王。“路曼曼其修远兮，吾将上下而求索。”千载为民的贤臣哪，一代爱国的栋梁！

痛耶——如此这般轻入狂澜。“亦余心之所善兮，虽九死其犹未悔。”无数黎庶在追思哟，难怪史家在绝唱！

悲哉——日月星辰，徒天仰望，以投江角黍，匹敌一跃之贤，何如之于天壤？